Written by

# Chuck Palahniuk

New York Times Beste…

…keda



5210200

# インヴェンション・オブ・サウンド

The Invention of Sound

ISBN978-4-15-210200-3

チャック・パラニューク◎著
池田真紀子◎訳

早川書房

# インヴェンション・オブ・サウンド

Translated by
Makiko Ikeda
First published 2023 in Japan by
Hayakawa Publishing, Inc.
This book is published in Japan by
arrangement with
ICM Partners
through Tuttle-Mori Agency, Inc., Tokyo.

装幀／コードデザインスタジオ

——たかが映画と信じておけばいい

# 第1章　我らの罪を忘れたまえ

救急車のサイレンが街を駆けていき、犬という犬が遠吠えする。ペキニーズもボーダーコリーも等しく吠えた。ジャーマンシェパードもボストンテリアも、ウィペットも。雑種犬も純血種も。ダルメシアンにドーベルマン、プードル、バセットハウンド、ブルドッグ。牧羊犬に愛玩犬。混血の犬も血統書付きの犬もそろって吠え、そこをサイレンが通り過ぎていく。

サイレンが通り過ぎていくその長いひととき、犬たちはすべて一つの群れの仲間になる。すべての犬の遠吠えが一つの遠吠えになる。そのやかましい合唱はサイレンの音を押し流す。彼らを一致団結させた音が遠ざかって消えたあとも、遠吠えの連鎖は続く。

どの犬も、たまの短い交流から最初に離脱する一匹にはなりたくない。

ベッドの上で、ジミーは片肘をついて体を起こし、耳を澄ます。それから訊いた。「なんでかな」

隣でミッツィは目を開く。床からワインのグラスを取って訊き返す。「なんでって、何が」

通りの向こうのオフィスビルでは、ぽつんと一つ、窓に明かりが灯っている。その奥で男が一人、パソコンのモニターを凝視していた。映像が動き、揺らめく光が男の顔を照らす。その光は眼鏡のレンズの上でダンスを踊り、頬を伝う涙をほのかにきらめかせた。

外だけでなく、二人を取り巻くコンドミニアムの奥でも遠吠えは続いた。力なく垂れたジミーの湿ったペニスの毛のはざまに、水疱が一つ。ピンクと白の膿を満杯に溜めたそれはいまにも破れそうだ。ジミーが訊く。「犬ってのは、なんであんな風に吠えるんだ?」

小さなふくらみをつぶそうと手を伸ばすと、それは病変ではなかった。ジミーの皮膚にへばりついているのは、錠剤だ。薬。迷子になりかけの睡眠薬。アンビエンが一錠、それをミッツィはつまみ取り、口に入れてワインでのみ下す。そして答える。「大脳辺縁系共鳴」

「何だと?」

ジミーはベッドを抜け出す。こいつは間違っても紳士ではない。原始人だ。ジミーは磨き抜かれた板張りの床に裸足で踏んばり、マットレスの端をつかんでミッツィごと床に引きずり下ろす。いつもと違い、髪の毛をつかんで引きずり下ろすのではなかったのは救いだが、ジミーはそのまま寝室を横切り、街を見下ろす背の高い窓の前までミッツィとマットレスを引きずっていく。

「誰がふにゃチン《リンプディック》だって?」

「リンビックだってば」ミッツィは言った。「大脳辺縁系共鳴《リンビックレゾナンス》。それがあたしの仕事」空《から》になったワイングラスを窓台に置く。満天の星のカオスの下、街灯が作る格子模様がまばゆく輝いている。遠吠えは消えてゆく。「あたしの仕事は」ミッツィは続ける。「きっかり同じタイミングで世界の全員に悲鳴を上げさせることだから」

フォスターは、弁護士ではなく、グループリーダーのロブに電話をかけた。ここの警察は本物でさえない。ここの警察の権限が及ぶのは空港内だけだ。フォスターにいわせれば、自分は女の子に手を触れただけであり、それを犯罪と呼ぶのは拡大解釈だ。拘留はされているが、その場所は航空券販売カウンター裏の軽食堂にすぎない。座っているのは折り畳み式のパイプ椅子だ。一方の壁を自動販売機が埋めている。フォスターの手についた三日月形の小さな歯形から血が流れている。

出発が遅れたのは、女の子が乗った一便だけ、女の子の事情聴取をする分の時間だけだった。携帯電話を返してほしいとインチキ警察に頼み、スクリーンショットを表示して見せる。インターネット上の男と、さっきの変態野郎、女の子を連れていた変態野郎はたしかにそっくりだ。連中もそう認めざるをえなかった。インチキ警察官の一人、男の警察官から、その画像はどこで見つけたのかと訊かれたが、それに答えると立場が悪化しかねない。

別のインチキ警察官、女の警察官が言った。「この世は行方不明児童だらけよ。だからって、他人の子供をさらっていいわけじゃないの」

フォスターとしては、そんなことより預け入れた自分の手荷物の行方を確かめたい。乗るはずだったデンヴァー行きの便はとうに離陸した。乗客が搭乗しなかった場合、飛行機はいまもその乗客の預け手荷物を出発地で下ろしていくのか。この瞬間にも爆発物探知犬がフォスターの手荷物を嗅いでいるのか。いまどき、世界中のどこのどんな街であれ、持ち主不明の上等なスーツケースが手荷物用ベルトコンベアに乗っていつまでもぐるぐる回っていられるとは思えない。かならず誰かが引っつかみ、手荷物タグを確かめるふりをして、持ち逃げするに決まっている。

フォスターとしては、酒を一杯もらえたりするとありがたい。酒と、そう、手の傷を二針ほど縫ってもらえたらなおいい。

騒動の前に、コンコース内のバーでマティーニを二杯飲んだきりだ。三杯目を飲み終える前に、女の子に目がとまった。フォスターの注意を引いたのは、ルシンダの鳶《とび》色の髪、記憶にあるより短い髪、華奢《きゃしゃ》な肩に届くか届かないかの長さに切りそろえられた髪だった。十七年前、ルシンダが行方不明になったときと同じ年ごろの女の子。

とっさの行動だった。人間の心とはそういうものだ。エイジ・プログレッション技術の仕組みは頭では理解している。牛乳の紙パックに印刷されている、情報提供を呼びかける広告の顔写真。毎年、コンピューターを使い、行方不明児童にまた一つ歳を取らせる。成人後は五年に一度。その技術の専門家は、母親の写真、おばの写真、同性なら誰でもいいからとにかく血のつながった誰かの写真を使い、現在の顔を推測して、失踪した少女に五年ごとに新しい顔を与える。どこのスーパーマーケットに行っても、乳製品売り場のレディウィップの缶入りホイップクリームとコーヒークリームのあいだに並んだ紙パックの上で、ルシンダが微笑んでいる。

空港にいたその女の子はルシンダだと、百パーセントの確信があった——違うとわかるまでは。

女の子の手を引いて搭乗が始まっているゲートに向かう変態野郎を目にした瞬間、フォスターの頭のなかに赤いフラグが立った。間髪を容れずに酒の代金をテーブルに叩きつけ、二人のあとを追って走った。携帯電話を取り出し、保存してある画像をスクロールした。自前の前科者写真台帳。顔にモザイクがかかっていても、首に入った忘れがたいタトゥーははっきりと写っている。小児性犯罪者の汗にまみれた顔を真正面からとらえた写真もある。

女の子の手を引いて歩いていく小児性愛の原人は、『スクービー・ドゥー』のボロピン風《シャギー》だ。ぼさぼさ頭《シャギー》にマリファナのやりすぎでとろんとした顔つき、足もとはゴムぞうり。フォスターは人のあいだを縫って反対側に回りこみ、別角度から写真を撮った。二人が目指す方角、ボーディングブリッジの入口で、ゲート係員が乗客の搭乗手続きをしていた。

マリファナ頭の旧人類がチケットを二枚差し出し、二人はゲートを通過した。その便に搭乗する最後の乗客だ。

ゲートにたどりつき、走ったせいで息を切らしたまま、フォスターは係員に言った。「警察に通報を」

女の係員はフォスターの行く手に立ち、ボーディングブリッジの入口をふさぐ。航空券販売カウンターの係員に合図をしたあと、片手を上げて言う。「お客様、ここより先は立ち入れません」

「私は捜査官だ」フォスターは息を弾ませながら言った。携帯電話を掲げて、ぼさぼさ頭の小児性愛原人が映った不鮮明なスクリーンショットを見せる。やつれきった顔、落ちくぼんだ両眼。遠くのどこかから、フォスターが乗る便の搭乗を開始するという案内がかすかに聞こえた。

搭乗ゲート前の窓から飛行機が見えた。コクピットの窓の奥にパイロット。ランプ担当クルーが預け手荷物の最後の数個を積み終え、貨物コンパートメントのハッチを閉じようとしていた。あと数分でクルーも撤収する。

彼は、フォスターは、ゲート係員を押しのけて先へ進んだ。勢い余って、女の係員が床に転がった。足音をボーディングブリッジに轟かせ、フォスターは叫んだ。「きみらにはわからないだろうが」誰にともなく叫ぶ。「あいつはあの子をファックする気だ！　あの子を殺す気だぞ！」

フライトアテンダントが一人、キャビンのドアをまさに閉めようとしているところだったが、フォスターは彼女を肘で押しのけて機内へと進む。あちこちにぶつかりながら、ファーストクラスの客室を突き進む。「あの男は児童ポルノを製作している！」携帯電話を振り回して、フォスターは叫ぶ。「あいつは子供殺しだ！」

リサーチから、児童人身売買業者が日常にまぎれこんでいることをフォスターは知っている。銀行の待ち行列の、すぐ前や後ろ。レストランのすぐ隣の席。フォスターがインターネットの表面を軽く引っかいてみただけで、子供を食い物にする連中が群がってきた。そして自分らの悪行の粋《すい》を送りつけ、胸糞の悪い世界に誘いこもうと試みた。

乗客の何人かはまだ通路に立って自分の席に座るタイミングを待っている。その列のしんがりに、女の子がいた。ボロピン男の手をまだ握ったままだ。フォスターの声を聞きつけて二人が振り返った。機内の全員が振り返った。まずフォスターを見て、次に女の子を連れた男を見る。紺のビジネススーツが信頼を得たか、それとも好青年風のヘアスタイルとインテリ風の眼鏡に好感を持たれたか、場の全員が瞬時にフォスターの味方につく。

携帯電話を持った手を男のほうに伸ばして、フォスターは声を張り上げた。「その男は人さらいだ！　児童ポルノの国際組織の親玉だ！」

充血した目とぼさぼさ頭の男は、犯罪者呼ばわりに対してこうつぶやいただけだった。「冗談きついな、おい」

女の子が泣き出し、それが罪状を裏づけた。シートベルトがはずれる音が響き、英雄の素質がある何人かが席を蹴って次々と飛びかかる。小児性愛原人は抗議の声を上げたが、その声は英雄たちの重みでくぐもって誰の耳にも届かない。みなそれぞれに何ごとかわめいている。男を押さえつけている英雄たち以外の全員が、携帯電話を高く掲げて動画を撮影していた。

フォスターは通路に膝をついて床を這い、泣いている女の子に近づく。「さあ、この手をつかんで！」

男とつないでいた手が引き離され、女の子は、人の小山の下に消えゆく男を見つめている。声を上げて泣き、その合間に叫ぶ。「パパ！」

「あいつはきみのパパじゃないんだよ」フォスターは優しく言った。「忘れてしまったのかい？あいつはきみを誘拐したんだよ、テキサス州アーリントンで」その事件の詳細がそっくり頭に入っていた。「だが、もうきみに手出しはできないんだよ」フォスターは大きな手を伸ばし、女の子の小さな手を握った。

女の子は、苦痛と恐怖がこもった言葉にならない叫びを上げた。組んずほぐれつの乗客の重みで、小児性愛原人は動きを完全に封じられている。

　フォスターは女の子を引き寄せて抱き締め、さあ泣かないでとなぐさめ、髪をそっとなでながら繰り返す。「もう大丈夫だ。もう大丈夫だよ」

　フォスターのぼやけた視界の隅で、乗客たちが携帯電話をこちらに向けている。顔を涙でぐしゃぐしゃにした紺のスーツの男の、どこの誰でもない誰かの、飛行機の通路の真ん中にうずくまって花柄のワンピースを着た小さな女の子を抱き寄せている男の動画を撮影している。

　頭上から機内アナウンスが繰り返した。「当機の機長よりご案内です。運輸保安局《TSA》職員が当機に向かっています。乗客の皆様は席を立たずにお待ちください」

　女の子は泣いていた。きっとフォスターが泣いているせいだ。女の子は、折り重なった人体の小山の下から少しだけはみ出している変態野郎のぼさぼさ髪のほうに、空いた手を差し伸べている。

　フォスターは、女の子の涙に濡れた顔を両手ではさみこみ、無垢な茶色の瞳をのぞきこんだ。そして言った。「きみはもうあいつの性奴隷じゃないんだ。もう終わったんだよ」

　その刹那、誰もが互いの雄々しい行動を称え、温かな絆で結ばれる。一部始終は、リアルタイムでインターネットを駆け巡る。次の瞬間、二百ほどのYouTube動画のなかで、駆けつけてきたＴＳＡ職員がフォスターの首に腕を回して押さえこむ。

　フォスターの両手で顔をはさまれたまま、女の子の目は不可解な鋼の決意を浮かべてぎらりと輝く。

息ができないまま、フォスターは先回りして言う。「いいんだよ、サリー、礼なんて」

「あたしの名前は」女の子は言った。「カシミアだよ」そして小さな顔の向きをほんのわずかに変え、フォスターの親指の肉に歯を食いこませた。


救急隊は特別な呼び名でそれを呼ぶ。彼ら遺体引取専門の救急隊は、室内にロープを結びつけるところが一つもない高層コンドミニアムの名前にちなみ、〝フォンテイン方式〟とそれを呼ぶ。鉄筋コンクリートの塔。ダウンライト用の半球状のくぼみが並んでいるほかに凹凸は一つもない、高い天井。ちなみに一部の人々は、ダウンライトを〝キャンライト〟と呼ぶ。部屋によってはレール式の可動照明が設置されている。

見た目はおしゃれだが、人間の体重を支える強度はない。

地下にある資源ゴミ回収ボックスをのぞくと、いろいろと説明がつく。透明ガラスの回収ボックスは、パトロン・テキーラの瓶やスミノフ・ウォッカの瓶であふれている。高層コンドミニアムの住人は貧困層ではない。フォンテイン・コンドミニアムにキャットフードで食いつないでいる住人はいない。むろん猫は別だろうが。

訪問客はめったにない。例外は救急隊だ。

たったいまも、歩道際で救急車がアイドリングしている。ライトはついてない。サイレンは鳴らしていない。ミッツィは、十七階の部屋から、ジミーが窓際に引っ張っていったマットレスの上から、救急車を見下ろしている。制服姿の男が二人、ストレッチャーをがたごとと押してエントランス前の幅広の階段を下りていき、いったん歩道に停めておいて救急車のリアゲートを開け、荷台の縁《へり》に尻を載せて煙草に火をつけた。

全身を完全に覆われてストラップで固定されたストレッチャーの上の誰かは、小柄なようだ。きっと女だとミッツィは思った。子供ではない。コンドミニアムの管理規約で、児童は居住できないと定められている。だいぶ腐乱が進んでいることだろう。カリフォルニアの暑さでは、たとえセントラルエアコンを最強に設定していようと、数週間のうちにそうなる。人間だって熱が通ればそうなる。ミイラ化もする。干物にもなる。ほかの住人はあれが誰なのか知っているだろう。警察が呼ばれるきっかけがメイドだったのか、強烈な臭いだったのか、それも知っているだろう。

シャロン・テートの惨殺死体を見つけたのは、家政婦だった。マリリン・モンローの冷えきった全裸死体を見つけたのは、家政婦だった。妊娠中の雇い主の刺し傷だらけの死体を思いがけず発見するなんて、失業のしかたとして最悪だとミッツィは思う。

刺殺についてなら、一冊本が書けそうだ。たとえば、一部の殺人者が何度も執拗に刺すのはなぜか。相手を痛めつけるために刺すのは最初の一撃だけだ。続けて二十、三十、四十回と刺すのは、苦しみを終わらせるためだ。たった一度刺すだけで、あるいは斬りつけるだけで、悲鳴が上がり、血が流れる。しかしそれを止めるには、その何倍、何十倍も刺す必要がある。

通りの向かい、ミッツィと同じ高さに男が一人、オフィスに座っている。父親の形をしたどこの誰とも知れぬ誰かは、ミッツィから死角になったパソコンのモニターに見入っていた。そのビルでたった一つ明かりが灯っているオフィスで、男は眼鏡をかけてデスクに向かっている。

ミッツィも一度、フォンテイン方式を試した。入居したての新参の耳にかならず入る噂によって伝授される、シンプルな方法。ただ扉を開けるだけでいい。リリカルで美しいメタファー。ほかにロープを結びつける場所がないから、ドアノブに結ぶ。タオル地のバスローブのしなやかなベルトは最適だ。ベルトの片端をドアノブに結びつけ、残りの部分をドアの上から向こう側へ渡し、先端に輪っかを作る。椅子の上に立ち、椅子を蹴り倒し、ペンキ塗りのドアのなめらかな表面で絞首刑ダンスを踊る。

昔の人は、樹木を冒瀆するのを慎んだ。だから絞首刑では、壁にはしごを立てかけて一番上の横棒にロープを結んだ。死刑囚は椅子の上に立つか、馬にまたがった。椅子が倒され、あるいは馬が走りだし、はしごの下にぶら下がった輪があとを引き受けた。はしごの下を歩くと縁起が悪いとされる所以《ゆえん》はこれだ。だって、誰にわかる？　追い剝ぎや人殺しの霊魂や霊魂の大群が、自分が死刑に処されたその空間をいまもうろうろしていないともかぎらない。

悪党どもの霊魂が地上にうようよしているのは、地獄で待ち受けている苦しみから逃れるためだ。亡者は二日酔いの苦しみを免除されているといいが、とミッツィは思う。

救急隊を見下ろしながら、安定剤のアティヴァンをのみ、続けてアンビエンをのむ。頭痛がしていた。頭痛には慣れているが、これが自分の頭だということを忘れられそうだ。アンビエンの効能の一つはそれだった。十分な量をのめば効く。

状況を鑑みるに、誰かが祈りを捧げるべきだろう。「天にまします我らの父よ」そこまで唱えたところで早くもアンビエンが思考を消去しにかかる。口を開き、また閉じる。唱えるべき言葉が出てこない。「我らの罪を忘れたまえ」ミッツィは言った。「我らに罪をおかす者を我らが忘れるごとく、我らの罪を忘れたまえ……」

ミッツィの窓の十七階下で、救急隊員が乗客を荷台に積みこみ、リアゲートをばたんと閉めた。向かいのビルで、ぽつんと灯っていた明かりがふっと消えた。

父親の形をした誰かと入れ違いに、ミッツィの輪郭が窓ガラスに映る。片方の腕を左右に動かし、ガラスの上の自分が同じように腕を振るのを目で追う。

携帯電話が鳴る。救急車は消えていた。

一人きりで、ミッツィの手が届かないところで、ガラスに映ったミッツィが片方の腕を上げ、ガラスに映った携帯電話を耳に当てる。空いたほうの手で、ガラスの上のミッツィが手を振った。救急車に、死んだ誰かにさよならと手を振るように。あるいは、本物の自分にさよならと手を振るように。

**ブラッシュ・ジェントリー著『オスカーの黙示録』（一ページより引用）**

**わたしを映画スターと呼ばないで。もう映画スターじゃないから。いまのわたしは公認宝石鑑定士よ。仮に映画の仕事を依頼されるとしたら、演技の才能を見込まれてのことではないはず。できればごめんこうむりたい役柄の最右翼は、パティ・ハーストがおだてられて出るようなB級映画のちょい役の類《たぐい》ね。**

いまはクロムダイオプサイドに夢中なの。わたしの会社は、シベリア最大のクロムダイオプサイド鉱山の最大株主です。キャッチフレーズは〈エメラルドを超えたエメラルド〉。クロムダイオプサイドは、たいがいのエメラルドより深みのあるエメラルド色をしているってこと。商品ラインナップは、〈ジェムストーンTV〉の「ブラッシュ・ジェントリーのハリウッドセレブに愛される宝石」って番組でも紹介しているわ。

わたしの息子はロートンという名前で、十一歳です。夫はいまもショービズ界にいますが、カメラの前に立つ仕事ではありません。ポストプロダクションに携わっているの。正確にはポスト - ポストプロダクションね。ディープ・ポストプロダクションとでもいうのかしら。彼には少し仕事中毒なところがあります。よくこう言うの。「ブラッシュ、僕にとって仕事は教会なんだ」

わたしたちは知っていたのかって？　いいえ、おぞましい殺人計画のことなんてまったく知りませんでした。少なくとも、事件が連続して起きていたあの当時は何も。


ロブがどこにどんな手を回したのか知らないが、フォスターは釈放された。ロブは空港まで車で迎えに来て、フォスターをダイナーに連れていく。二人が座ったボックス席のそばに特大のサングラスをかけた女がいて、テーブルに置いた小さな包みを差し向いの男のほうに押しやった。男はすぐに女のほうに押し戻した。黒いレンズの奥に隠れたまま、女は携帯電話をいじくった。ペンの尻をかちりと押して芯を出し、ノートに何か書きつけた。

注文した卵料理が運ばれてこないうちから、ロブは両手で顔を覆ってわっと泣きだす。「マイが」ロブは指の隙間からくぐもった声で言う。「いろいろあって」ほかの客が振り向き、こちらを見つめる。

ロブの妻のマイは、赤ん坊が不慮の死を遂げたあとロブのもとを去った。その顚末はサポートグループの集まりでフォスターも何度も聞いていた。

ロブはジャケットの前を開く。拳銃が収まったショルダーホルスターが脇腹に寄り添っている。ロブは紙ナプキンで顔を拭った。もう一方の手でバックルを探ってはずし、ホルスターごと拳銃をテーブルに置いた。「いまは持っておきたくない。こんなものを持っていたら、何をしでかすかわからない……」そう言って拳銃をフォスターのほうに押しやる。

フォスターは拳銃を押し戻した。重厚な鋼鉄がテーブルのラミネート加工のプラスチックにこすれて大きな音が鳴る。ハウリングノイズのような。話し声がやんだ一瞬の空白に、何かが軋んだような。

ダイナーに座る二人の男。一人は泣き、二人のあいだには銃があって、周囲がじろじろ見ている。サングラスの女もじろじろ見ている。

「頼む」ロブが懇願口調で言う。「とりあえず預かっておいてくれ」

空港の一件で、ロブに借りができた。フォスターは銃を受け取る。

ミッツィはダイナーに着く。奥のほうのボックス席。いつもの取り決めどおりだ。プロデューサーのシュローは先に来て待っていた。ミッツィには未着手のプロジェクトが二件あり、仕事に困ってはいない。しかしシュローは家族同然の存在だ。なんといってもここはハリウッドだ。ヒーロー役を演じたくない人間がどこにいる？ ミッツィはベンチシートにするりと腰を下ろすなり訊いた。「先にインダストリアル・ライト・アンド・マジックに打診したのよね」

答えはすぐには返らない。シュローはいつもそうだ。日ごろ携帯電話で仕事をしている人間のお定まりの話し方。何か一つ口にするたび、その前後に、音声が衛星まで行って戻る分の間《ま》を置く。それからシュローは答えた。「インダストリアル・ライト・アンド・マジックなぞ、おまえさんには遠く及ばん」

目の前にいるのに、テーブルをはさんで真向かいにいるのに、シュローの声はやはり無用に大きい。車でハンズフリー電話に向かってわめき立てる半生を過ごしてきたかのようだ。

ビッグ・シュローは頬の無精髭を片方の手でなでる。ミッツィのサングラスを鏡に使っている。それは、屋内でかけているサングラスは、隠したいものをむしろ強調する。「ゆうべ一発食らったか」シュローは訊く。「ザナックスをのむと落ち着くぞ」太い指をミッツィに突きつける。手首でルビーのカフリンクスがきらめく。「あとで届けてやろうか」

よけいなお世話、とミッツィは心のなかで言い返す。

「足りないのがマグネシウムなら、ブラジルナッツがいいぞ」シュローは片方の手を丸めて口の脇に当て、声をひそめて続けた。「私の若いころにはな、〝アフリカ系アメリカ人の爪先〟と呼んだものさ」自分のジョークに湿った忍び笑いを漏らす。

ミッツィはサングラスを持ち上げてシュローをにらむが、蛍光灯の光が目に突き刺さって眼力をそいだ。

シュローは肉づきのよい毛むくじゃらの手をテーブル越しに伸ばす。「お母さんに似ている。あれは善良な人だった」指先でミッツィの頰をそっとなぞった。「親父さんに似なくてよかったな。あれほどいやな男にはいまだ会ったためしがない」

ミッツィはその手を払いのけた。頭痛がうなじを伝わり、肩に広がって、背筋を駆け下りた。インダストリアル・ライト・アンド・マジックの名を出したのは当て馬にすぎない。シュローを釣り上げる餌。ミッツィと肩を並べられるのはミッツィだけだ。ミッツィはシュローと目が合うのを避ける。ウェイトレスに合図する。それから言った。「ジェンキンズに連絡してみれば。なかなか優秀だよ」

いつもどおりの間を経て、シュローが言う。「ジェンキンズの手には余るだろうな」今度もまた声が大きすぎる。

ミッツィは携帯をテーブルに置く。イヤフォンのコードをほどき、携帯に接続して言う。「新作の悲鳴を聴いて」

ビッグ・シュローは手を振って営業トークをはねつける。シュローにいわせれば、悲鳴は悲鳴でしかない。

ミッツィは胸の内でつぶやく。あんたたちに何がわかるのよ？　骨が折れるときどんな音がするか、世間は知っているつもりでいる。ところが世間が知っているのは、セロリが折れる音だ。

凍らせたセロリをシャモア革でくるみ、二つに折る。高層ビルのてっぺんから飛び下りて頭から歩道に着地するとき、頭蓋骨がどんな音を立てるか、世間は知っているつもりでいる。ところが世間が知っているのは、表面にソーダクラッカーを二重に貼りつけたスイカを野球のバットでかち割る音だ。

ふつうの映画ファンは、ナイフが突き刺さる音はどれも同じだと思っている。何も知らない映画ファンは、気の毒に、動脈から血が噴き出すときどんな音がするか、自分が車の正面衝突事故に巻きこまれるまで知らないままだ。

シュローはすぐ横の座面から分厚くふくらんだ速達用封筒を取る。テーブル越しにミッツィに渡す。宛名ラベルが剝がされた跡地に、糊のべたついた跡が黒く残っていた。

ミッツィは封筒の垂れ蓋を持ち上げる。親指で札束の上面をぱらぱらとめくる。全部百ドル札だ。何束も何束もある。依頼のシーンはよほど悪趣味なのだろう。

ぽん、という音が響く。風船ガムがはじける音。ウェイトレスがガムを嚙みながら二人のテーブルのそばまで来ている。不自然な橙色の日焼け肌をしたロサンゼルス娘ではなかった。かといって、ブリーチのしすぎで腰のない髪をした頭の空っぽそうなセクシー美女でもない。

ウェイトレスはシュローを妙に長いあいだ見た。それから、妙にすばやく目をそらした。正体を見抜いたのだ。背筋がすっと伸びた。胸を突き出して顎を上げた。意味もなく顔を左に向け、右に向ける。両側からの横顔をしっかりと見せつける。それから訊いた。「ご注文はお決まりですか」もはやウェイトレスではない。ウェイトレス役を演じている俳優だ。喉をこくりと鳴らしてチューインガムをのみこむ。

そして本日のおすすめメニューをよどみなくそらんじる。オーディションに臨むように、一語一語をクリアに発音する。

ミッツィは途中でさえぎった。「コーヒーだけで」それから言い直す。「コーヒーをお願いします」

ウェイトレスが行ってしまうと、シュローは戦術を変えた。「しかし、おまえさんの作品はいつもすばらしいね」シュローは言う。「先月公開のあの映画。若い男が階段のてっぺんから転げ落ちて、石の床で頭がかち割れるシーン……あれもおまえさんの仕事だろう」

何とかいう俳優が演じる十代の少年が人形につきまとわれる映画。人形はCGだ。俳優は中年といってもいい年ごろだ。階段を転げ落ちたのは、関節つきの骨格が入った実物そっくりのダミーだ。いかにも作り物くさいそのゴミみたいなシーンがリアルに見えるのは、効果音ゆえだ。人間の頭の骨が石敷きの床にぶつかる音、内側で脳味噌がマッシュ状につぶれる音。あのシーンを本物らしく見せている決め手は、効果音だ。

ミッツィは言った。「レタスを丸のまま凍らせて、地面に置いたマイクのそばに落とした」

シュローは不釣り合いに大きな頭を振ってうなずく。「この街は、レタスの音を聞けばそうとわかる」業界人なら、細長く切ったベニヤ板を水につけて糊を溶かし、陽に当てて干したあと真っ二つに割れば、大腿骨が折れる音になると知っている。

ミッツィは肩をすくめる。携帯を取って、目当ての音声ファイルを呼び出す。ミッツィの最新の悲鳴、それは映画の未来だ。芝居を超えた芝居。

それはくそったれなダブルスタンダードだ。視覚の面で、映画の質は年々向上を続けている。CGのおかげだ。デジタルアニメーションさまさまだ。しかし音響に目を向けると、馬の足音はあいかわらず半分に切ったココナッツの殻二つだ。俳優が雪を踏んで歩く足音は、トウモロコシ粉の袋を誰かが踏みつける音だ。ドルビーだのサラウンドだのレイヤードサウンドだの、再生技術は向上しても、製作現場はいまだ中世に取り残されている。

雷鳴は薄い鉄板だ。コウモリが羽ばたく音は、それらしい速度で開閉を繰り返す雨傘だ。

「で、どんなシーンなの」ミッツィは訊く。フィルムを見ればわかることでも、事前に確かめるべき基本情報というものがある。

シュローは目をそらした。大きな窓から、駐車場のポルシェを見つめる。そして言う。「大した話じゃない。若い女が刺される」

ミッツィはハンドバッグから小型のスパイラルノートを取り出す。かちりとボールペンの芯を出す。「ナイフのメーカーは」

シュローは眉を寄せる。「メーカーがわかって何が変わる？」

ミッツィはテーブルの上の現金の封筒を元来たほうに押しやった。

シュローが押し戻す。ちょっと待てと指を一本立て、携帯電話を取り出して画面をスクロールする。文字を目でたどりながら答える。「ドイツのラウファー・カーヴィングウェア製。刃はステンレス、柄は黒檀。刃渡り四十三センチのスライスナイフ。一九五四年製造」そう読み上げて目を上げる。「シリアルナンバーも要るか」

ウェイトレスが舞台に再登場する。さっきは顔にかかっていた髪を後ろでまとめてピンで留めていた。口紅は塗り直したばかりのように艶やかだ。マスカラを重ね塗りした長く太いまつげは重みで下を向いている。再オーディションに臨むみたいな笑みを顔に貼りつけ、片方の手にカップを二つ持っていた。もう一方にはコーヒーポット。ワンテークでカップをテーブルに置き、コーヒーをなみなみと注ぐ。それから退場した。

ミッツィはメモを取る。「ナイフは刺さったまま？　それとも何度も刺されるの？」

シュローが携帯から顔を上げる。「それがわかって何が変わる？」

ミッツィはテーブルの上の現金の分厚い封筒を押しやる。ペンの芯を引っこめ、ノートをしまうふりをする。

わざわざ説明はしないが、何度も刺されるなら、ナイフが出ていく音もするはずだ。肉から抜かれる音。ナイフが抜かれる音、続いて血液があふれ出す音。あるいは傷の内側から空気が噴き出す音。ことはそう単純ではない。

シュローは現金を押し戻す。「三度刺される。一、二、三度、そのあとナイフは刺さったままになる」

メモを取る手もとから顔を上げずにミッツィは訊く。「刺されるのはどこ」

シュローはペンを見る。ノートを見る。自分のカップを取り、音を立てて飲む。「大きな真鍮のベッドの上」

ミッツィはいらいらと深い溜め息をついた。「若い女の……体の……どこ」シュローは視線を巡らせる。テーブルに身を乗り出す。顔に赤みが差し、目は細められた。手で口もとを覆うようにして何ごとかささやく。

ミッツィは目を閉じて首を振る。また目を開ける。

シュローは目をごく細くしてにらみつけた。「ずいぶんとまた大きく構えたものだな」シュローはにやりと笑い、下の歯がむき出しになる。かぶせものをしてホワイトニングがされているが、決して美しくはない。「悪霊に憑かれた犬どもがホモの司祭を食いちぎるシーンを作ったのはおまえさんだろう」気まずさと怒りの勢いで声が大きい。ダイナーのほかの客が顔を上げ、こちらをちらりと見た。

そのシナリオをひねり出したのは自分ではないが、ミッツィは黙っている。ミッツィはただの女、どこかのシナリオライターの倒錯した夢を現実に変えるフリーランサーにすぎない。

すぐそこで、テーブルについた男が泣きだす。両手で、左右の手を両方使って顔を覆い、それから芝居がかった大きな泣き声を全開にする。向かい側に座った男はまず周囲を見回す。人目を気にして、顔が赤煉瓦みたいに染まる。この二人目の男、父親の形をしたどこの誰とも知れぬ誰か、その男の顔をミッツィは知っている。

オフィスに戻ってもやはり、フォスターは少女たちから解放されない。コピーを取る三年生。カートを押して郵便物を配り歩く中学生。フォスターは自分にしか見えない角度にモニターを向けておく。廊下やその奥のオフィスからささやき声やくすくす笑いが聞こえてくるが、フォスターは目の前の任務に没頭する。革張りの回転椅子に座り、コーヒーをちびりちびりと飲んでいるふりをする。デスクの上には売上報告書。片手はいつでも出動態勢だ。一本の指は一つのキーから動かない。そのキーを押すだけで、モニターは瞬時にパーツ番号や配送日で埋め尽くされる。

フォスターは人目を避けて秘密のポータルサイトにアクセスし、その瞬間、平日の世界はフォスターを避けて流れ始める。パスワードを打ちこむ。クレジットカード番号や暗号通貨と引き換えに届いたメールに埋めこまれているリンクに飛ぶ。ユーザーネームのリストを参照し、次のサイトに飛ぶとまた次のサイトに飛ばされ、さらにまたJPEG画像のゴミ溜めに飛ばされる。そこではIPアドレスは追跡不可能だ。そこでフォスターは、世の中がその存在を信じたがらない画像の数々をクリックする。

契約課の同僚が戸口に顔をのぞかせた。「ゲイツ、ちょっといい？」女の同僚は尋ねる。「娘のジーナを紹介させて」同僚を若く小さくした女の子が同僚の肘のあたりに顔をのぞかせた。フォスターは縁の充血した目をその子に向けて微笑む。いかにも仕事に忙殺された営業マンらしく、フォスターは言う。「こんにちは、ジーナ」

少女はマニラ紙のフォルダーを一冊抱えていた。三方の縁から文書やメモの端がはみ出してひらひらしている。女の子はまじめくさった目でフォスターを見、フォスターのオフィスを見回した。「おじさんちの子はどこ？」

同僚が娘の髪を優しくなでた。「ごめんなさいね。どの人にも娘がいて、その子と遊べると思いこんでいるみたいで」

同僚の視野からほんの数度だけ角度がはずれたところ、フォスターのモニター上で、おぞましい行為が繰り広げられている。毒々しい色で、音声はミュートで再生されている映像は、それを閲覧しただけでフォスターを刑務所行きにし、よぼよぼの爺さんになるまでそこに閉じこめておけるような児童虐待だ。あともう一歩でもこちらに踏み出せば、同僚は、死ぬまで不眠になるような光景を目撃する。列をなして順番を待つ、仮面で顔を隠した男ども。どう見てもすでに死んでいる子供とのセックス。

フォスターはキーを一つ叩く。悪夢は消え、代わりに製品番号の列がいっぱいに表示された。

「ジーナ？」

女の子が振り返る。目に困惑が浮かんでいる。

フォスターは言った。「〝娘の職場参観デー〟をゆっくり楽しんで」

ジーナが近づいてくる。小首をかしげて訊く。「どうして泣いてるの？」

顔の片側に手を触れると、涙が流れていた。フォスターは拳で拭った。「アレルギー持ちなんだ」ジーナにそう答える。

母親が、声を出さずに唇の動きだけで伝えてきた。「今日は火曜よ」〝火曜〟を長く引き伸ばす。それから娘の肩に手を置き、向きを変えさせて出ていった。

そうだった。タコス・チューズデー。人が会社に勤めているときよりもさらに食べ物を楽しみにするのは、刑務所と潜水艦にいるあいだだけだ。昼休みが始まって、フロアから物音が消えかけていた。フォスターは切り替えキーを押して地獄に引き返す。

この手のウェブサイトを見つけるのは、笑ってしまうほど簡単だった。匿名のフィッシングメール一つ。それがフォスターをうさぎ穴へと誘った。どの画像サイトにも、また次のリンクがある。

誰かに知られたら？　フォスターが消去しそこねた履歴をＩＴ課の誰かに見られたからって、別に痛くもかゆくもない。もう失うものはないのだ。フォスターは、すでに最悪の不幸に苦しんだ男だ。こういう検索こそが生きる力になっている。

サポートグループの集まりで、ロブから聞いた話がある。動物を使った医学実験や製品開発を行っているラボは、人に飼われていた犬や猫を探す。野生の動物や都市で生きていた野良は、世界にどんな危険がひそんでいるか知っている。そういった動物には生存本能があって、反撃してくる。ところが愛情をかけて育てられた動物は、苦痛や日々の虐待にじっと耐え、自衛のための行動を起こすことはない。それどころか、愛情あふれる家庭で育った動物は、ラボでの虐待を耐え忍び、虐待者を喜ばせようと努力する。苦痛に長く耐えられる動物は、それだけ長く役に立つ。それだけ長く生きる。

子供も同じだ。フォスターの娘ルシンダのような女の子は、抵抗しなければそれだけ長く生きられる。ルシンダほど愛情たっぷりに育てられた子供はほかにいない――いまも生きているのなら。

少なくとも、娘がどうやって死んだのかはわかるかもしれない。画像に重ね焼きされたように、フォスターのどんよりとした青白い顔がモニターにうっすら映っていた。まぶたは垂れ、なかば閉じている。力ない唇は、なかば開いている。

フォスターの目は、子供を見るまいとしていた。路上の猫の死体を誰もが見るまいとするように。そうやって見ないことが、どういうわけか猫の尊厳を守るというように。モニター上の子供は、死ぬまで見られた。死ぬまでよだれを垂らされた。画像のなかで起きているのは、スローモーションの殺人だ。

だからフォスターは子供を見ない。ネット上で見つけた、男どもと一緒の子供たちを見ない。しかし男どもの顔は、穴が空くほど見る。顔にモザイクがかかっていれば、手を見る。全身を舐めるように見てタトゥーを探す。指輪や傷痕を探す。たまにルシンダの長い髪がちらりと視界をかすめてフォスターの注意を引く。空港のあの子と同じ髪。だが、それが本当にルシンダだったためしはない。だから、フォスターは男どもに焦点を絞る。

この子供たちと町中で出会うことは絶対にない。フォスターもそれはさすがに承知している。唯一の希望は、男どもの一人と行き合うことだ。だからキーを押してスクリーンショットを撮り、解像度が許すかぎり画像を拡大する。そうやって男の顔のライブラリーを、タトゥーの、母斑のライブラリーを構築する。とにかく数をそろえれば、あとは時間の問題だ。たった一人でも見つけられれば、そいつを拷問して、次の一人につながる情報を引き出せるかもしれない。

ゲイツ・フォスターは自分を爆弾だと考えている。次の瞬間に炸裂しかねない。次の標的をつねに探しているマシンガン。ここ、このオフィスは、夢の職場ではない。理想の仕事はと訊かれたら、子供を痛めつけるこの男どもを痛めつける仕事とフォスターは答えるだろう。

割に合わないリスク、ミッツィはそういうリスクを避ける主義だ。

同じレストランの別のテーブルの上に、拳銃が一丁。見知らぬ男、ならず者が二人、拳銃の取引中だ。一人は泣いていて、もう一人は目撃者がいないか周囲を気にしている。ミッツィはさりげなく視線をそらして大きな窓の外に漂わせ、そこに駐まっているポルシェを見る。二人組を警戒しつつ、声をひそめる。「ちょっと聴いてもらいたいものがあるの……」携帯に接続したイヤフォンをシュローに差し出す。思いきって視線を戻すと、二人組はいなくなっていた。

シュローが同じ用心深い調子で言った。「うちで雇った若い女は、服を脱ぐのには抵抗しなかったが、悲鳴の才能はゼロだった」

携帯で再生を待っているのは、ミッツィの最新の傑作だ。新たな地平を拓いて、映画の評価を左右する最大の要素を視覚から音響に変えるような。

シュローがイヤフォンをじろりと見る。「何を聞かせようっていうんだね」手を伸ばしてイヤフォンを受け取る。片方を、次にもう一方を、耳毛で鬱蒼とした穴に押しこむ。

ミッツィは片目をつぶって言う。「とにかく聞いてみて」携帯の画面に指を触れた。

わざわざ説明はしないが、ただならぬ経験を消化するには、それを誰かと分かち合うしかない。携帯電話の画面で海賊版を見聞きするのでは足りない。ただならぬ経験をした人物は、劇場の大きなスクリーンを介してこの世の全員に見て聞いてもらいたいと望む。それも一度かぎりでなく、繰り返して。何枚でもチケットを買って。ついにはその経験に不感症になるまで。

携帯を介して、ミッツィの傑作は驚くべき威力を発揮する。シュローの顔は、粉砂糖を振ったドーナツのごとく青ざめる。左右の目から涙があふれ、頬を伝い落ちた。下唇がわななき、シュローは両手で口もとを覆って目をそらした。

ミッツィは物憂い調子で言う。「タイトルは〈バイカーギャング、ブロンドの長髪、二十七歳、拷問死、ヒートガン〉」サングラスを押し上げるが、それもウィンクの一瞬だけで、すぐに元の位置に戻す。「キャッチーなタイトルでしょ」

シュローは片耳からイヤフォンを引っこ抜く。カップに手がぶつかってコーヒーがこぼれた。ディスペンサーから紙ナプキンをとってテーブルを拭く。もう一方のイヤフォンをむしり取り、左右をまとめてミッツィに投げつける。テーブルから椅子を押しやり、真っ赤な顔でウェイトレスを押しのけて歩きだす。去り際に捨てぜりふをつぶやく。「教会で司祭に話を聞いてもらえ」

ミッツィは落ちたイヤフォンを拾い、シュローの背中に向かって声を張り上げる。「あたしの仕事があたしの教会なの」

ガラス扉から外に出て、駐車場をよろめき歩いて自分のポルシェに戻っていくシュローを、ウェイトレスは見送った。それから言った。「あの人の映画のファンなんです」ウェイトレス役を演じる俳優を演じるウェイトレス。

ミッツィはウェイトレスを頭のてっぺんから爪先までながめ回す。ポルシェのほうにうなずく。

「あの人の次の作品に出たくない？」

ウェイトレスが訊く。「あなたもプロデューサーですか」年のころは二十三か二十四、中西部の訛はあるが、かすかだ。ロサンゼルスに来てまもないらしく、肌や髪はまだ灼けていない。結婚指輪もなかった。スペックとしては悪くない。

ミッツィはウェイトレスの名札を確かめる。「シャナイア？　あたしは〝音響効果技師《フォーリー・アーティスト》〟なの。それって何だかわかる？」

ウェイトレスはわからないと首を振る。「でも、業界にコネはありますよね」

返事の代わりにミッツィはテーブルの上の封筒から分厚い束を一つ抜き取る。そこから一枚、二枚、三枚、百ドル札を剝がして掲げ、新しい才能が餌に食いつくか否かを待つ。

ロブから家に電話がかかってくる。様子が気になってね、とロブは言った。サポートグループの次の集まりには来るつもりかとフォスターに尋ねる。

フォスターは手に残る歯形をまじまじと見た。小さな蹄鉄形の乳歯の痕は、血が固まってかさぶたになっていた。それからロブに、いつもの教会の地下室で会おうと答える。

受話器を置く寸前、ロブが大声で何か言う。この最後の瞬間まで押さえつけられていた言葉。フォスターは受話器を持ち上げて耳に当て、同じ言葉が繰り返されるのを待った。

ロブが訊いた。「どうしてデンヴァーなんだ」

フォスターは、ロブと知り合ったのはいつだったかと記憶の底を探る。サポートグループで出会ったのはいつだったか。フォスターがサポートグループに初めて参加したとき、ロブはロブ自身の子供、乳児だった息子について、どんな話をしていたか。

ロブがまた訊く。「デンヴァーにいったい何があるっていうんだ」

フォスターは口をついて出かかった真実をのみこむ。デンヴァーにはモンスターがいる。チャットルームのアバターの一つがうっかり口をすべらせた——パオロ・ラシターは仕事でデンヴァーに行く、と。ダークウェブの住人はみな匿名だが、チャットルームのその新参者はラシターを性的児童売買組織の親玉と呼び、奴は日帰りまたは一泊二日でコロラド州デンヴァーに行く予定だと言った。

自分がデンヴァーに行ったところで何がどうなるのか。それでもフォスターはラシターのスクリーンショットを携帯に詰めこみ、ラシターが宿泊しそうなホテルのリストを作成し、組織の親玉の喉を絞め上げ、殴打してルシンダの件を白状させるはかない希望を胸に、旅立った。

もしロブにそれを話したら、チャットルームや画像サイトにもぐりこんだ顛末を残らず白状するまで質問攻めにされるだろう。その結果、フォスターの良心は存在そのものが否定されるだろう。

そこでフォスターはこう答える。「女と会う予定だったんだ」気恥ずかしげに間を置く。実際は次の嘘をひねり出すための時間稼ぎだ。「ネット上で知り合った女でね。その、結婚も視野に入れている」

フォスターの手荷物はデンヴァーに着陸しているだろう。手荷物用ベルトコンベアに載ってぐるぐる回っているだろう。うまくいけば、もうこちらに向けて輸送中かもしれない。

電話の向こうは沈黙している。フォスターは背景の気配に、息子が死んで以降のロブの暮らしぶりを知る手がかりに耳を澄ます。しかし何一つ伝わってこない。ロブの妻はとうに家を出た。ロブは政府の地下シェルターから電話しているのかもしれない。沈黙は、そのくらいどろりとして濃い。

「俺たちに嘘をついても無駄だぞ」ロブの声は軽蔑をたぎらせている。「それじゃ何の解決にもならない」それからとっておきの切り札か何かのように、こう付け加える。「デンヴァーの女ってのがどこの誰なのか、こっちはちゃんとわかっているんだ。恥を知れよ、恥を」いかに恥ずべきことであるか念を押すようにロブは声を低くする。「グループの全員が知っているんだ！」

フォスターが途方に暮れる番だった。途方に暮れて困惑し、困惑して不愉快に感じ、不愉快に感じて電話を切った。

ミッツィの両手で、過去はいまも生きている。初めて作ったデジタル《D》オーディオ《A》テープ《T》を持って売り込みに行った日の手の震えとして。記憶は頭皮の痛みとして、髪が引っ張られる感覚として生き続けている。あのころは髪がものすごく長かった。高校生らしく長いその髪をきゅっとまとめてフレンチブレイドに編み、ピンで留めた。後頭部にピンで留められたフレンチブレイド、一年生の昆虫生態学の教室にあったボードにピンで無情に留められた蝶やコガネムシの標本みたいなフレンチブレイド。

ミッツィ・アイヴズ、女子高生のミッツィは、ピンの痛みを、ボード分とじろじろ観察される昆虫分の両方味わった。

その髪形を思い出して、ミッツィは顔をしかめる。露《あらわ》になった首筋。プロデューサーがミッツィの胸に遠慮のない視線を注ぎ、頬や顎の青黒い無精髭を掌でつるりとなでたとき、真っ赤に染まった首筋の肌。

胸をかばうように丸まった肩。ミッツィは背を丸めて腕を組んだ。ミッツィの全身は、あの初めての売り込みの一部始終の録音テープだ。

「ミス・アイヴズ」シュローでないそのプロデューサーは言った。メモ用紙に書いた何かに目を落とす。「ミッツィ」

そのプロデューサーはシュローとは別人だ。シュローがあの悲鳴を聞いて覚えているのでないかとミッツィは心配だった。ミッツィのキャリアは、あの面談で始まり、そして終わりを告げることになった。そのときのプロデューサーは、シュローのライバルだった。プロデューサーはデスクの向かい側の椅子を目の動きで勧め、自分も座った。デスクの端、自分のデスクのこちら側の端に尻を載せた。ミッツィの目の前、ワイシャツの糊のにおいが嗅ぎ分けられるくらい近くに。

その日、ミッツィは学校を半日サボった。アメリカ大衆政治学の試験をサボり、言語学ラボの講義とフラクタル入門の講義をサボった。

学校の制服のままバスに乗った。格子縞のツイードのプリーツスカート。上から二つまでボタンをはずした、フレンチスリーブに丸襟のブラウス。ミッツィの足は、あのときの靴を記憶している。母親がいなくなったあとに残された、サイズが大きすぎるハイヒール。

勧められた椅子はスタイリッシュで低かった。座面が床とそう変わらない高さしかなかった。図ったように低くて、スカートがウェストに向かってずり上がってきた。膝のあいだにはさまなくてはならなかった。そして前かがみになって裾を引っ張り、ずり上がりそうになるたび前かがみになるたび襟もとが大きく開いて、シュローではないプロデューサーがブラウスの前をのぞきこんだ。ありふれた服。自分の部屋では、ただの制服だった。救いがたいダサ女。ところが、ここではストリップじみたミュージックビデオのようだ。ミッツィを取り囲んでいるのは、プロデューサーのオフィスにありがちなオリエンタルラグにクローム仕上げのランプ。壁に並んだ窓の向こうにネットフリックス本社が見えている。

ミッツィの目の高さに、プロデューサーの股があった。握手できるような距離に。

ここが思案のしどころだ。ミッツィが初めて挑むこのゲームで、ミッツィは頭出ししたDATを入れたプレーヤーを持ってきていた。悲鳴に手を加えまくり、何度も何度も何度も聴き直したあげく、よい出来なのかそうでもないのか、自分でもわからなくなっている。そのプレーヤーを自分の足もとに置いている。ミッツィの足は、大きすぎるハイヒールの爪先に丸めて詰めたトイレットペーパーの存在をいまも感じている。

シュローではないプロデューサーは、赤地にストライプ柄のシルクのネクタイを締めていて、それが顔から引いた矢印のように股間を指している。ミッツィの目は、その光景をいまも忘れられずにいる。デスクの端っこに尻を載せたプロデューサーは、ミッツィの顔や体のどこでも好きなところを見放題だった。スカートを熟視できた。ブラウスのなかも。ミッツィのほうは、ぱんぱんになったふくらみ、ベルトのバックルが陰になって見えないほどの盛り上がりを直視できない。それはミニチュアの腹のよう、トイレットペーパーを詰めたハイヒールのごとくみっちり詰まっているようだ。下に垂れる腹と上に盛り上がる腹のあいだに埋もれて、ベルトのバックルはほとんど見えない。ミッツィはそのいずれも正視できない。

それがあのプロデューサーの持つ力《パワー》だった。

ミッツィはプレーヤーを膝に置く。盾の陰に身をひそめるように、その陰に隠れた。やけにかさばって重たいハイテクないちじくの葉のように。スピーカーは、ミッツィから音が絞り出されているように聞こえる位置にあった。

シュローではないプロデューサーは、うめくような低い声で言う。「で、私に聞かせたいものってのは何かな、お嬢ちゃん」手が口もとに持ち上がって唇を拭う。喉が上下に大きく動いてつばをのみこみ、それと一緒にネクタイの結び目も上下に動く。艶やかな赤いシルクの喉仏。

ミッツィはプレーヤーのボタンをぎこちなく押す。テープが高速でヘッドにこすれる。巻き戻しボタンを押し、カウンターの数字をゼロに合わせる。次の来客がドアの外側で待っている。早くも彼らの話し声が侵入してきて、場のピントをミッツィからそちらにずらし始めている。

ミッツィは弱気になった。もうだめだ。この先もずっとだめなのだ。

ミッツィの体は、墜落して乗員全員が死亡したジェット旅客機のブラックボックスのままだ。

再生ボタンを押した。

無音《ルームトーン》が流れる。続いて、ミッツィの作品が始まる。

両手だけでなく、あるいは首筋だけでなく、全身が沸き立つ。ミッツィは、肉体と精神を超えた何かになる。悲鳴が再生された瞬間、ミッツィは時間を超えた何かに接続されたように感じた。来世の何かと交信しているかのように。不滅の何か、金銭で計れない何かをミッツィは産み出した。金めあてでは作れない何かを。

それがミッツィの持つパワーだった。

悲鳴が響き渡り、変化が起きる。反転が起きる。いま、プロデューサーは単なる肉体になった。悲鳴を真似するように、口が大きく開く。それこそが、最高の表現やキャッチフレーズの特徴だ。釣針のごとく、鋭い棘が聞く者の奥深くに入りこみ、そこで一体化する。この悲鳴は寄生虫だ。シュローではないプロデューサーの腹と股が身を縮める一方で、目玉は飛び出しそうになる。その目は、大きく見開かれたあと、ミッツィの俳優が感じたのと同じ苦痛を感じたかのようにきつく閉じる。プロデューサーの口は、顎がデスクにぶつかりそうなくらい大きく開く。ミッツィに銃で撃たれたかのように、あるいは刃物で刺されたかのように、体が反り返る。ミッツィがプロボクサーで、彼のガラスの顎に大振りパンチをめりこませたかのように。

テープが退屈なルームトーンに戻ったあとも、部屋の振動は続いた。待合室の話し声は聞こえなくなっていた。沈黙だけがあった。やがて見知らぬ来客の一人が小声でつぶやいた。「いまの何？」

オフィスのなかでは、プロデューサーが周囲を見回す。書棚は、以前のままの書棚ではなくなっていた。額入りの写真は、見覚えのない写真に変わっていた。どのペンも、どの書物も、意味不明のジャングルの猛獣に変わり、馴染みのない化学物質がプロデューサーの体内を駆け巡っている。目の際に涙の粒が盛り上がり、首筋の血管がジグザグに盛り上がってボタンダウンの襟もとからのぞいた。

初めての悲鳴を録音したときミッツィが感じたのと同じ、狂おしいまでの興奮。

誰もが人に影響を及ぼしたいと願う。人を笑わせることに人生を捧げる人々がいる。見知らぬ聴衆を魅了することに。目標は何かを商品化し、繰り返し、売ることで、それは人間の本質をなす欲求だ。それはつまり、人を人たらしめている人間らしさを、売り買いできる形に変えることだ。ファストフードからポルノまで、万物の持つパワーはそれだ。

プロデューサーは首を振る。頬の肉がふるふるとはためく。それから立ち上がり、おぼつかない足取りでデスクの向こう側に回って、椅子に沈みこむ。飾りボタンつきの黒革の回転椅子までもが甲高い声を上げる。猛獣のように。切り裂かれた喉のように。シュローではないプロデューサーは、椅子の肘掛けから両手を少し持ち上げて握り締める。両手は、肘掛けに危なっかしく載った小さなボールになる。

ミッツィの体は、あのときの感覚をいまも忘れていない。どこの誰とも知れぬ誰かから、同じ部屋にいる誰より重要な人物への、一足飛びの昇進。獲物から、捕食動物への。

ミッツィはもう一度再生ボタンを押すかのように手を動かす。プロデューサーは手を振ってそれを止める。

「よしてくれ」懇願の調子だった。「心臓が持たない」

怯える側から、怯えさせる側への躍進。

あの日まで、居丈高なバス運転手に泣かされたこともあった。あの日を境に、人を泣かせることがミッツィの仕事になる。一足飛びにプロのいじめっ子に昇格したわけだが、ただのいじめっ子ではない。タントラにも通じる。全員を緊張状態に導いたあと、一気に解放させる。ほとんどセックスだ。いや、〝ほとんど〟よりもいくらか〝完全に〟に近い。

卒業までまだ二年残っていたが、学校にはそれきり戻らなかった。あの日以降、高校から父親に宛てて、娘の無断欠席を報告する手紙が何通も届いた。しかしあれ以降、ミッツィはアイヴズ・フォーリー・アーツ社のただ一人のアイヴズだ。

フラクタルは、ほかの十五歳の少女たちに任せておけばいい。大学進学コースの女子生徒に。ミッツィは、人生と殺人について知っておくべき事実はすべて知っているし、興行収入に対して歩合でギャラをもらう契約を結ぶにはどうしたらいいかを知り尽くしている。ミッツィは、どんな種類の苦痛が悲鳴をだいなしにするかも知っている。

ドアの向こうの話し声はまだ沈黙したままだ。彼らもミッツィの動静に聞き耳を立てている。シュローではないプロデューサーは、染みの浮いた手をスーツのジャケットの内側に入れ、かたかたと鳴る錠剤のボトルを取り出す。掌に一錠振り出して口に放りこむ。

一時期、ミッツィは自分の仕事を〝政治活動〟と呼んでいた。ミッツィの考えでは、女はこれまで殺しを許されてこなかった。命の危険を感じたときを例外として、許されなかった。女は純然たる快楽のためには殺せなかった。別の女を殺せなかった。子育て支援制度の充実や収入格差の是正が叫ばれようと、女の権利向上度を計る本当の物差しは、殺しだ。最初の録音セッションの興奮が冷めたころ、ミッツィは自分にこう言い聞かせた――悲鳴を集めるのは政治活動に等しいと。それが究極のパワーの本質だと。

ミッツィの考えでは、それこそがフェミニズムの最終波だ。

ミッツィを駆り立てるものは、時とともに進化を果たした。あの最初の興奮を追い求めるうち、これぞ天職と思うようになった。転位行動の典型として、他者のなかに喜びを見いだそうと試みた。ミッツィは平凡な人々の平凡な人生を救い上げ、本人たちが想像すらしなかった永遠の命を与えている。ミッツィ・アイヴズはスターを世に送り出している。

だが、新たな動機を見つけるたびに真実からまた一歩遠ざかるだけだった。ミッツィの目的は政治でも人助けでもなく、パワーだ。あの日初めて知ったパワーがミッツィに与える、あれから目減りする一方のささやかな報酬。

それまで酒もクスリもやらなかった。それに頼るのはもう少し先、自分に聞かせる物語の説得力が薄れてからのことだ。

シュローではないプロデューサーが落ち着きを取り戻した。ミッツィには見えない数字を目でカウントしてから言った。「世界独占権に二万ドル出す」

ミッツィはDATプレーヤーを足もとに置き、脚を組んだ。スカートがずり上がったが、そのままにする。プロデューサーが見るかどうかを知りたい。パワーが本当にミッツィに移動したのかどうかが知りたい。

プロデューサーは見なかった。「そうか。では、二万五千ドル」

「三万」ミッツィは応酬する。前に身を乗り出し、襟ぐりが大きく開くにまかせる。乳房の違法すれすれの輪郭を見せつける。

プロデューサーはやはり見なかった。ミッツィは、自分が恐れるに値する人物であることを証明したのだ。

不敵な笑いが、過去の売りこみに条件反射で返してきた不敵な笑いが、プロデューサーの口を左右に引き伸ばす。「悲鳴一つに誰がそんな金を出すものか」プロデューサーは言う。「いくらなんでもそんな――」

ミッツィは立ち上がってスカートをなでつける。「四万なら考えないでもないけど」荷物をまとめて引き上げるふりをした。

プロデューサーが青くなる。金を出す気にさせるのは、恐怖だ。ライバルが四万ドルで手に入れた悲鳴で巨万の富を得るのではという恐怖。あの悲鳴なら、映画やテレビ、ビデオゲームに二次ライセンスや三次ライセンスを売れるだろう。携帯の着メロにも。開くと音が鳴るグリーティングカードだってある！　悲鳴なら翻訳が要らないから、海外市場も見込める。トリクルダウンが尽きることはない。利益の永久機関になる。

「座って！　座って、座って！」プロデューサーは言い、空気を下に押すような手つきをした。それでミッツィをおそろしく低い椅子に押し戻せるとでもいうように。それから、デスクの抽斗《ひきだし》をかき回して小切手帳を取り出す。ここでためらったりしたら、この少女は録音をよそに持っていくだろう。来週になれば、シュローではないプロデューサーは、無数の音響技師やら特殊効果のエキスパートと競争入札するはめになるだろう。インクがちゃんと出るか試してから、プロデューサーは聞いた。「きみのその……その傑作のタイトルは」

思いがけない質問に、ミッツィは一瞬押し黙る。初めての子供の名前を決めるのに似ていた。責任重大すぎて、これまで考えるのを先延ばしにしてきた。腕時計によると、この面談は予定の時間をすでに超過していた。次やその次の来客が待合室を渋滞させているだろう。そろって聞き耳を立てているだろう。やたらに時間を食っているミッツィに憎悪を募らせているだろう。

意外にも、憎まれるのはいい気分だった。

こうしてミッツィの輝かしい新たなキャリアが始まった——十億の見知らぬ他人の耳をそばだたせる仕事。

「タイトルは……」ミッツィはそこで間を置く。タイミングがすべてだ。「〈シリアルキラー、子供の手で生皮を剝がれる〉」そして続ける。「どうせだから、キリよく十万ドルにしない？」

プロデューサーは無言だ。

かりかりという音、ペン先が紙の表面を引っかいてミッツィの名前と十万ドルと書きつける音、ミッツィの耳に永久保存版として録音されたのは、その音だ。

すぐには誰も口を開かなかった。地下室に集まったサポートグループの面々は、互いの顔をちらちら盗み見ている。元母親は元父親を見、元父親はグループリーダーを見る。フォスターに目を向ける者はいない。ついには全員の目がグループリーダーのロブに集まった。ロブはフォスターを見て訊いた。「で、バリはいいところだったか」

フォスターは自分の手に、膝に置いた両手に目を落とす。

ただ一度だけ、そのたった一度だけヘルメットを忘れて自転車で出かけた息子、ちょっと近所をひと回りするだけのつもりだった息子の父親だった医師、その息子の話ならフォスターもそらで語れるくらい何度も聞いた医師が、コートのポケットから携帯電話を取り出した。ウェブページを表示させた画面を一同に向ける。「お嬢さんは亡くなったはずでしたよね」

みなが首を伸ばして画面を見る。自分の携帯に同じページを呼び出す者もいる。一人が言った。「じゃあ、亡くなってなかったわけですか。おたくのルシンダは」

別の一人は、困惑顔で自分の携帯を見つめた。「どう見たってこの娘《こ》は死んでいないようですが」

グループリーダーのロブは、静粛にと手を上げる。それからフォスターに言う。「こういうことも起きるのではと恐れていたよ」共感を絵に描いたような表情でロブは促す。「もう一度話してくれないか。ルシンダが亡くなった経緯を」一瞬の間があって、ロブは付け加える。「申し訳ないが」

まだ話していないことは何一つなかった。ルシンダはエレベーターに乗りこんだ。

サポートグループは、この集まりは、依存症治療のようなものだ。フォスターにとって、メンバーはみな死んだ子供への愛から立ち直る途上にある人々で、彼らはフォスターにも同じ回復の道をたどってほしいと望んでいるが、フォスターにはそれができない。依存を手放すつもりがない。ひょっとしたらほかのメンバーは、そうやって抵抗できるフォスターをうらやんでいるのかもしれない。どのメンバーも、息子や娘が命と切り離されるのを目撃した。遺体を確認した。葬儀を営んだ。フォスターだけが、我が子はまだこの世のどこかに存在していると思いこめる。

一同が凝視している写真の女、その若い女は、ルシンダの豊かな鳶色の髪をしている。年齢は大学生くらい。その女は、クルーズ船の手すり際でフォスターと並んでいて、その目もとや口もとは、ほかの写真でもっとずっと若いフォスターと並んで写っている小学二年生の目もとや口もとをおとなにしたバージョンだ。

そう、彼の娘の、そう、ルシンダは、そのとおり、死んでいる。このもう一人のルシンダ、とても美しくて、彼女自身の名義のSNSのページ上でいまも生きているもう一人のルシンダは、心理学でいうコーピング機制だ。説明するだけ無駄だ。彼の論理が他人に理解できるわけがない。

グループの別のメンバーが携帯を掲げ、父親のフォスターと一緒に熱気球のバスケットに乗っている成熟バージョンのルシンダの動画を一同に見せる。二人のはるか下には、なだらかな丘陵とそこを平行に走る葡萄の木の列が見渡すかぎり続いている。そのメンバーが訊く。「これは何かのいやがらせ《ガスライティング》かな」

別の一人が正す。「いまどきは〝荒らし《トローリング》〟っていうらしいね」

グループのリーダーが重ねて言う。「もし……もし本当にお嬢さんの行方がわからないなら、七年たった時点で法律上の失踪宣告を申請しなくちゃ」

どう説明したら理解してもらえる？　彼らが思っているようなことではないのに。フォスターは手を握り締めた。その拳をまた開く。空港の歯形の痛みで気をまぎらわす。

ロブは静粛にと手を振る。「なあフォスター」ロブは尋ねる。「きみのお嬢さんは死んだのか、それとも生きているのか」

フォスターはこれまでと同じ話を繰り返す。「あの子を会社に連れていった。ルシンダはエレベーターに乗って――」

ロブがさえぎる。「それなら葬式を出さないと」空の棺を安置した葬儀。愛用の人形やぬいぐるみや衣類を詰めた棺を安置し、嘘っぱちの友人や会ったこともないＳＮＳのフォロワーが最後のお別れを言えるようにする。近親者が棺を担ぎ、墓穴が待つ墓地へと運ぶ。簡単にいえば、無意味なパフォーマンスだ。

説教じみた話が続くなか、フォスターの携帯が着信音を鳴らす。新着メッセージが表示された。ルシンダからのメッセージ。

このルシンダ、いまも生きていて、美しくて、中毒性の高いルシンダの用件は、こうだ――

〈来週も会える？〉

ベッドの上で女が身じろぎをする。のろのろとまばたきをし、唇は何かで酔っているようなだらしない笑みを描く。むき出しの腕や脚がねじれ、レンタルのベッドの真鍮でできた支柱に彼女の手首と足首をつないでいるロープが限界まで伸びた。女が動いたせいで、マットレスを保護する透明ビニールシートが波立つ。小道具のレンタル会社から届いた年代物のベッドを組み立てるのに、思った以上に時間を食ってしまった。睡眠薬ロヒプノールの効果が薄れ始める前にモニターを設置し、マイクブームを狙った位置に調整するのがやっとだった。

シュアのボーカル用マイクSM57を女の唇ぎりぎりに近づける。その隣でリボンマイクも待機している。オーソン・ウェルズのラジオ時代の遺物みたいなマイクだ。別の方向からスープカンマイク。上からはショットガンマイクも下がっている。マイクはそれぞれ専用のプリアンプに接続されている。ミッツィは、このアナログの宮殿で女が話しだして、それぞれのプリアンプのVUメーターの針が跳ねる瞬間を待つ。

女が口を開き、針がひくついた。「あら、あなただったの」ミッツィに向け、水中にいるみたいなスローモーションのウィンクをする。顎を持ち上げて首を横にかたむけ、自分の露な胸を、一糸まとわぬ体を見下ろす。

ミッツィはマイクをわずかに近づける。「おしゃべりしてたら途中で寝ちゃったのよ、あなた」

女は安堵の溜め息をついた。「目的はレイプだったらってどきどきした」

モニターを確かめたあと、ミッツィはマイクをわずかに遠ざける。「音量レベルを調整したいの。朝ごはんに何食べたか教えてもらえる?」

鎮静剤が抜けきらずにぼんやりしたまま、女は顔をシュアのマイクに近づけた。近すぎて寄り目になったまま話し始める。「パンケーキ。ポテト。フレンチトースト」興が乗って、風呂敷を広げる。「スクランブルエッグ、オートミール、ベーコン……」

朝のおすすめメニューをよどみなくそらんじるウェイトレス。

pやbの破裂音で、アナログメーターの針は赤のゾーンに飛びこんだ。アナログでは音が飽和して温かみを帯びる。しかしデジタルでは、ひずみを起こして《クリッピング》ただのノイズになる。ミッツィはシュアのマイクをまた少し遠ざけた。女の額から淡い色をした髪を一筋払いのけつつ、女の頭をそっと押してビニールカバーをかけた枕の上に戻す。

女はなされるがまま話し続ける。「オレンジジュース、グレープフルーツジュース、オートミール……」まぶたが力なく閉じる。また眠りこみそうだ。レストランの制服は壁際の椅子に広げてある。女の腹が鳴って、針が跳ねた。「ごめんなさい」女がもごもごと言う。「食べ物の話をしてたらおなか空いちゃって」

ルームトーンを調整し直したほうがいいだろうかとミッツィは考えた。「気にしないで。おなかが空くのもいまのうちだし」

女の持ち物を置いてある椅子に近づいてバッグを開けた。財布を取り出す。運転免許証を探して注意深く見る。「シャナイア?」ベッド脇に戻り、声を大きくして繰り返した。「シャナイア。聞こえる?」財布をさりげなくのぞくと、餌にした百ドル札三枚があった。三枚とも回収して折りたたみ、ジーンズのポケットに入れた。

女が目を開く。額にしわが寄り、視線はマイクからマイクへと忙しく飛び回った。マイクの存在をいま初めて思い出したかのように。

ミッツィはかまわず話を続ける。「ねえ、〈ウィルヘルムの叫び〉って知ってる？」女の視線がミッツィの目を探し当てた。

女は首を振る。免許証はユタ州の発行だった。ウェイトレスの制服を切り裂いたとき、下着はモルモン教徒特有のものではなかったから、非モルモン教徒だろう。

「きっと聞いたことがあるはず」ミッツィは言い聞かせる。「〈ウィルヘルムの叫び〉」それは一九五一年の映画『遠い太鼓』向けにオリジナルが録音された男の悲鳴だ。ワニが生息する沼を兵隊が横切るシーンのための音源だったから、正式なタイトルは〈男、ワニに咬まれ、叫ぶ〉だった。オリジナル音源が作られて以来、〈ウィルヘルムの叫び〉は四百本を超える長篇映画のほか、テレビ番組やビデオゲームで数限りなく使用されてきた。

「定番の悲鳴にはどれも簡にして要を得たタイトルがついてるのよ」ミッツィは続ける。「絵画みたいに」たとえば二番目に有名な悲鳴は、〈男、苦悩に満ちた叫び声を残して彼方に消える〉だ。「名作絵画みたいにね」二番目に有名な悲鳴の俗称は〈ハウイーの叫び〉で、由来は一九九六年の『ブロークン・アロー』のハウイー・ロングの死のシーンに当てられたからだが、オリジナルの音源は一九八〇年の映画『ナインス・コンフィギュレーション』のために録音された。三番目に有名な悲鳴の音響素材は〈グーフィーの叫び〉だが、これについては詳しく説明しないのが吉だ。

チャイムが鳴った。ミキシングコンソールからミッツィの携帯がもう一度チャイムを鳴らす。

ベッドの上の女が言う。「電話がかかってきたみたいよ」

ミッツィは携帯を持ち上げ、そこに表示された男の画像を見せる。「あたしのボーイフレンドから。ジミーっていうの」

「かっこいい人じゃない」女が斜視ぎみに凝視して言う。

ミッツィは脂じみたバンダナを頭に巻いたぼさぼさのロン毛男の写真を見つめた。「まだ薬でぼんやりしてるみたいね」電話が留守番サービスに転送されるのを待つ。「どうせヤリたいだけだから」ミッツィは顎を上げて顔の向きを変え、首を一周している紫色が薄くなりかけの痣を見せる。そうしながらモニターの映像を見直した。制作プロダクションから何度も繰り返し見るよう言われている短い映像。それを何度も繰り返し見る。モニターは、ベッドの上の女からは見えない向きに設置されていた。ミッツィは自分が無意味な話をだらだら続けていることに気づいているが、ベッドの上の女には完全に目を覚ましていてもらわなくては困る。録音は一発勝負なのだから。

フェデックスのクッション封筒を手に取る。思いがけず重たい。長く、薄く、そしてものすごく重量がある。金属の物体だろう。プチプチ緩衝材の層がなかの物体の輪郭を曖昧にしていた。

ベッドの上の女は健康そのものと見えるが、体形は、配役エージェントが名簿に載せておこうと考えるような種類のものではない。唇が開く。祈りを捧げるかのように、ささやき声で再開する。「イングリッシュマフィン……ビスケットのグレーヴィ添え……」

ミッツィは一方の手にラテックスの手袋をはめる。メーターの針が脈打つように小さく震えるのを見ながら、もう一方の手にも手袋をはめ、髪をまとめて布の手術用キャップに押しこむ。

ベッドに横たわった女の肌は透き通るようで、何一つ隠していない。顔から首にかけてはほんのり赤らんでいるが、手と足は青白い。息遣いは浅くなっている。胸や腹部に汗の玉が浮いていた。

コンソールの上にクロームのアイスバケットがあり、そのなかでピノ・グリのワインのボトルが汗をかいている。七宝焼のソーサーにいくつかの錠剤。いつものソーサーだ。ピンク色のポピー、〝忘却〟という花言葉を持つポピーの柄のソーサー。そこにいつものとおり、最大投与量のアンビエンの錠剤。ミッツィはワインをグラスに注ぎ、数口で錠剤を一つのみくだす。

非モルモン教徒も祈りを捧げるのだろうか。完璧な音響設備が整った録音スタジオに全裸で手足を広げて縛られているとわかったときに唱えるための祈りはあるのだろうか。

アンビエンをのんだとたん、血流が少しだけ速度を上げたような気がした。アンビエンの副作用の典型、気分の高揚の兆しだ。アンビエンを服用したあと眠りこむ前にアイスクリームをばか食いした事例が何件も報告されていると聞く。インターネットやテレビショッピングでばか買いした事例、見も知らぬ相手と長時間のセックスに勤しんだ事例も。殺人を犯した事例もある。裁判では無罪を言い渡された。犯行をまったく記憶していなかったからだ。

肝心なのはそれ、犯行をまったく記憶していないことだ。

ミッツィはグラスになみなみと二杯目を注ぐ。ラテックスで覆われた指で、ソーサーから二つ目の錠剤を取ってのみくだす。

映像のモニターのなかで、南軍の衣裳を着けた男優の一軍がベッドの上の女優に襲いかかる。

そのシーンが何度も繰り返し再生されている。

ミッツィは手を伸ばしてショットガンマイクを少しだけ女の口に近づける。キーボードを叩いて、新しいファイルに名前をつける。フェルトペンを使って、同じ名前を旧式のDATカートリッジに書く。〈祈る女、無残に刺され、短時間で失血する〉。「ねえ、シャナイア、朝ごはんにほかに何を食べたか教えてもらえる?」

苦痛が最良の結果をもたらすことはない。激烈な苦痛はショックを引き起こすだけだ。いまわしいカタレプシー。傷を負った動物の最後の逃げ場、死んだふりという静寂。不安と恐怖だけが、売れる録音をもたらす。傑作を生む。

ささやくような声、天に祈るような静かな声で、女は言う。「目玉焼き二つ……イングリッシュマフィン一つ……」

ミッツィは気泡ゴムの耳栓が入った小さなビニール袋を開封する。ラテックスに覆われた指で一つをねじって小さくし、耳の穴に入れる。

女は「……オレンジジュース」と言ったところで口をつぐみ、ミッツィをまっすぐに見つめて訊く。「これからうるさくなるの?」

ミッツィはうなずき、もう一方の耳栓をねじって細く小さな円筒形にする。催眠薬の効果で自分の記憶はショートして作動不能になりかけていても、鈴なりのマイクが音を記録し続けていることを忘れてはいない。記憶の底を探り、女の名前を、知り合った経緯を引っ張り出す。

ミッツィが二つ目の耳栓を押しこむ前に、女が口をはさむ。「一つお願いがあるんだけど」まだハイから覚めていないのか、心が現実を否定しようとしているのか、女はこう言った。「大きな音は苦手なの。耳栓、もらえる?」

メーターは、メーターの針は、その要望を受け付けて控えめに跳ねた。

ミッツィは速達便の封筒を開け、ナイフをくるんでいる緩衝材を剝がそうとしている。そうしながらも、女の頼みを熟考する。この気の毒な女が聞かなくてはならない理由はない。ミッツィはグラスに残ったワインを飲み干した。また一つ、アンビエンの錠剤をのむ。気泡ゴムの耳栓の新しい袋を破って開け、片方ずつねじってから女の温かくて柔らかな耳に押しこむ。

女の顔、紅潮して目に涙を浮かべた女の顔は、唇の動きだけでこう伝える。「ありがとう」

ミッツィも応じる。「どういたしまして」ただし、どちらも相手の声は聞こえていない。聞いているのは密集したマイクだけ、首を伸ばし、これから起きるできごとの音を余さず拾おうとしているマイクの群れだけだ。

フォスターは入口に背を向けて座れる席をリクエストした。彼女の姿が見える前に声が聞こえるように。同じ理由から、時間よりずいぶん早く到着し、待つあいだボーイ長と世間話をした。スコッチを半分飲んだところで、背後のどこかで「こんにちは」という声がした。

若い女は言った。「ルシンダといいます。父とランチの約束をしています」

フォスターは振り返らずに待つ。

「すごくハンサムな人なの。とても品があって」

男の声、ボーイ長の声が聞こえた。「どうぞこちらへ」

女が視界に現れて、待った甲斐があったと思った。母親と同じ鳶色をした肩くらいの長さの髪を、フォスターの好みのスタイルに整えている。フォスターと同じ青い瞳が、立ち上がって迎えるフォスターを見つめ返す。シンガポールで買ってやったワンピースを着ていた。インスタグラムに上げた写真でそれを着てポーズを取っていたワンピース。二人は互いの頬にキスをする。ボーイ長に、フォスターは言う。「アルフォンス、うちの娘は初めてだったかな」

フォスターはルシンダを椅子に座らせ、紳士たるボーイ長はテーブルの脇に控えて言う。「とてもすてきなお嬢さまですね」

ボーイ長に聞かせるために、フォスターは訊く。「ルーシー、ハチを踏みつけてしまったときのことは覚えているね?」いかにもなつかしそうに微笑む。

女は台本の覚えが早い。「そんなこともあったね」覚えの早い女は尋ねる。「わたしが何歳のときだった?」

「四歳だ」フォスターは、女が台本に忠実で、決してアドリブをしないところが気に入っている。まだ俳優でないなら、俳優になるべきだ。役になりきる天賦の才能を持っている。

ウェイターが来て、女がワインをグラスで注文する。フォスターはスコッチのおかわりを頼んだ。歳月をかけて練り上げてきた台本に忠実に、フォスターは大学の授業のことを尋ねる。いうまでもなく、女は大学でも優等生だ。大学院に進んだほうがいいだろうかと、女がフォスターの意見を求める。女の手がおずおずとテーブル越しに伸びてくる。フォスターも手を伸ばしてその手に重ね、力をこめる。女は言う。「パパに会えてすごくうれしいの！」

フォスターの顔が痛みに歪む。手についた歯形のせいだ。女はそれについて尋ねない。誰にも見られずに、フォスターの手はいつもどおりの謝礼を女の掌に押しつける。現金で二百ドル、それに加えて二百ドルのチップ。事前に取り決めた、一時間のランチの謝礼。高額の無駄遣いと思われるかもしれない。ディナーに、二人そろっての旅行。しかし、過去に通った精神科医のセラピーよりよほど効果があった。女を見ているだけで胸に喜びがあふれる。

もう何年になるだろう。牛乳の紙パックに印刷されている最新のエイジ・プログレッション画像を参考にした。エスコートサービスのウェブサイトをさんざん渡り歩いて、ようやく生き写しの一人を見つけた。

レストランが静まり返り、客の全員が振り返る。照明が暗くなった。ウェイターが一人、丹念に飾りつけられた小さなケーキを持って厨房から現れた。小さなキャンドルの炎が揺れている。格式の高い店だから、客の合唱が始まったりはしなかったが、ウェイターが若く美しい女の前にバースデーケーキを置くと同時に控えめな拍手がわいた。ルシンダはその場面にふさわしい笑みを浮かべた。歓喜の声をこらえるように指先を唇に当てる。

「誕生日おめでとう」フォスターは言い、テーブルの下に隠しておいた紙袋に手を伸ばした。そこからピンク色のホイル紙で包んでリボンをかけた小さな箱を取り出す。

キャンドルの炎を吹き消す前に、女はリボンと包み紙を剝がし、箱を開けた。天然真珠の二連ネックレスが入っていた。女が息をのむ。見守っていた全員が息をのんだ。

「お母さんの形見でね」フォスターはネックレスを視線を注いだまま言った。「おまえのおばあさんから受け継いだそうだ」

演技ではなく、この一瞬だけは芝居ではなく、女は目にまがい物ではない愛情を浮かべてフォスターを見つめた。本物と演技の区別はつく。この一瞬、フォスターは子を失った親のサポートグループがこの甘いファンタジーに終止符を打とうとしていることに憎悪を覚えた。ネックレスは箱のなかでとぐろを巻いている。サテンの裏地のついた箱は、棺に似ていなくもない。

フォスターはケーキのほうにうなずいた。「さあ、願いごとをして」

ピンク色のマニキュアを塗った片手の指先が真珠に触れた。女はケーキをじっと見たあと、ささやくように言った。「いつか映画に出られますように」女がフォスターに促されてキャンドルに息を吹きかける。炎は揺らめきながら消え、苦い煙の亡霊がフォスターのほうへと漂う。

翌日の日の出は、敵ではなかった。エレベーターのBGMは、責め苦ではなかった。二日酔いも、悪臭も、他人の香水も、自分の手に染みついた漂白剤のかすかなにおいさえ、胃袋を引き攣らせなかったし、苦痛のせいでめまいがして世界がぐるぐる回ったりもしなかった。サングラスをかけなくても、待合室に座って業界紙をめくれた。いくらロサンゼルスでも、待合室のコーヒーテーブルに『ハリウッド・レポーター』や『ヴァラエティ』といった雑誌を置いているクリニックは少ない。だが、ドクター・アダマーはそこらの医者とは違う。

目が覚めたとき、ミッツィの記憶に残っていたのは、真鍮でできた複雑な物体を組み立てる夢の名残だけだった。無数の曲線と艶やかに磨かれた渦巻き飾り。ピンク色の薔薇がハンドペイントされた磁器の球飾り。不愉快な夢ではなかった。その物体はベッドだ。匠の技が冴える年代物の真鍮のベッド。

名前が呼ばれるのを待つあいだ、『エンターテインメント・ウィークリー』をめくっていると、携帯がチャイムを鳴らした。非通知の番号からの新着メッセージ――〈文句のつけようがない。さすがだ〉。

インボックスに新しいファイルが一つある。〈祈る女〉と名前がついた音声ファイル。その名前と、手に染みついたかすかな漂白剤のにおいが、夢の記憶を呼び覚ました。惨殺される何か。豚を殺す誰か。眠りに落ちる寸前にテレビで見た何か。甲高い叫び声、おぞましい声。そして血の海。ミッツィの肩に、一晩中、薪割りをしていたかのような痛みがあった。

ページをめくると、またチャイムが鳴る。新着メッセージ――〈この前の百万ドルの叫びはまだ空いているか？〉。

ミッツィが返信する前に、声が聞こえた。「ミッツィ？」ミッツィは顔を上げ、彫刻が入った白漆塗りのデスクの奥の若い女を見た。その女、受付係が言う。「ドクター・アダマーがお目にかかります」

ミッツィが荷物をまとめたところでドアが開き、顎髭のドクターがいつもどおりにこやかな笑みでミッツィを出迎えた。二人は廊下の向かい側、ドアが開いたままの診察室に入った。診察室にはステンレスのシンクとガラス扉のキャビネットが並び、その反対側にシートを敷いた診察台がある。ドクターは診察台に座るよう身ぶりでミッツィに伝えた。

ドクター・アダマーが訊く。「あれからよくなったかな」ドクターはシンクの縁にもたれた。

ミッツィの首の、色が薄れかけた痣を見る。「ジミーは元気かい」

ジミーはミッツィのいまのボーイフレンドだ。卵管結紮《けっさつ》術を検討している理由だ。

ドクターは手を伸ばし、人差し指をくいと曲げた。「私に渡すものがあるね」

ミッツィはバックをのぞきこむ。百ドル札を三枚取り出す。

ドクターは札を受け取ってシンクの上に掲げた。白衣のポケットからライターを取り出して火をつける。火のついたライターで札を下から炙る。札に火が移り、煙が天井に向けて立ち上った。

ミッツィが煙探知器をちらりと見たのに気づき、ドクター・アダマーは安心させるように言う。

「オフになっている」

焦げたにおいは汗とビニールを、ビニールとアルミホイルを連想させる。強烈なにおいで、ミッツィの目に涙が浮かぶ。煙が立ち上り、上質のクレインペーパーが端から黒く焦げて崩れ、シンクにひらひらと落ちていった。炎が指に迫ったところで、ドクターは燃え続ける紙幣の残りから手を放す。ステンレスの表面で残骸は丸まり、黒くなる。大きな破片が小さな破片に分かれた。紙幣の最後の端にたどりついた炎は、青く燃え盛ってから消えた。煙の最後の雲が白く曇った室内に薄く広がる。

ミッツィは診察台の自分のお尻の隣に置いていたバッグをのぞいた。筒状に丸めた札束がある。コンドミニアムの部屋には現金だけがある。

医者がメスを持った外科医になる前……精神分析医が精神の分析を始める前、医者はみな予言者だった。占い師、巫女、呪術師だった。ゆえに、医者は人が発する気配を読み解く術に長《た》けていた。微妙なボディランゲージ、肌の色具合、におい。症状を探るような問診をし、患者自身も気づいていない病を診断できた。少なくとも、ドクター・アダマーは自分の才能をそう説明した。ハイチのポルトープランスの医学部で学んだから、身体の病を診断する以上のスキルが身についている。ドクターにいわせれば、すべては儀式だ。儀式がすべてだ。

ドクター・アダマーの診察を最初に受けたのはいつだった？　ミッツィは記憶の底を探った。ドクターをミッツィに紹介したのはシュローだったか。ほかのプロデューサーだったか。ミッツィを初めての殺しに駆り立てた怒りが尽き、次の仕事をこなすために新たな燃料が必要になったころの話だ。

ドクターのわけのわからない説明を信じたわけではないが、それをいったら抗生物質が効く仕組みだってわからない。わからなくても、必要とあらばペニシリンをのむ。

ドクターはシンクをのぞきこみ、黒く焦げた灰を、カップに残った茶葉で占うように吟味した。それから訊いた。「シャナイア・ハウエルという名に聞き覚えは」

その名を聞いて、ミッツィの脳裏にダイナーのウェイトレスの顔が浮かんだが、それだけだった。

「彼女は安らかな眠りについた」ドクターは続けた。「きみは許される。なぜなら、きみの行為は、彼女が地上では知りえなかった無上の幸福と成就の地に彼女を送ったからだ」

儀式の次の段階に備え、ミッツィはメモ帳とペンをバッグから取り出す。

ドクターは灰を凝視する。「彼女の両親は、ユタ州オグデンのイースト・プレーサー・ドライブ九四七番地に住んでいる」

ミッツィは住所を書き留め、次を待つ。

「負債額は」ドクターが高らかに言う。「自宅を抵当に入れて借りたおよそ八万五千ドルと、その自宅のローン三万一千ドル」

ミッツィは二十万ドルを送金のことと書きつける。コンドミニアムの現金部屋は、まるでためこみ屋のゴミ屋敷のようだ。札束が積み上がって、足の踏み場もない。帯封のついた五百ドル札がわんさと入った袋や段ボール箱が層をなしている。入口から一歩でもなかに入ったら、たちまちその山が崩れてきそうだ。ミッツィは最初に書きつけた数字に線を引いて消し、三十万ドル入りの段ボール箱を一つ、匿名で送ろうと思い直す。

せまい室内で煙が動き、渦を巻き、揺れながら流れていく。無数の幽霊のようだ。苦いにおい。さまよう魂の群れが二人を取り巻いている。ミッツィはそれを吸いこまないよう息を止めた。

シンクの前に立ったドクターが蛇口をひねり、指を使って水の流れを変え、灰を排水口に誘導した。ペーパータオルで手を拭い、ラテックスの手袋をはめる。次に抽斗を開け、まっさらな紙を一枚と封筒一通とペンを取り出した。

紙をカウンターに置き、そこに書きながら言う。「愛するママとパパ……」その声はドクターのそれではない。鼻にかかった甘ったるい声だ。筆跡もドクターのそれではない。高校生が書くような丸っこい文字だ。

見慣れた光景だ。何度見たか思い出せないほど何度も見た光景。霊界と交信しながらの自動書記。

「わたしを捜さないでください」ドクターは続ける。紙を文字で埋めながら、ドクター・アダマーは言う。「ママもパパもブレイリーンも、とっても愛してる」同じ言葉が丸っこい文字で手早く書きつけられていく。「本人はまだ知らないけど、ブレイリーンのおなかには赤ちゃんがいます。あのボーイフレンドと結婚しなくちゃ。教会の決まりだものね」流れるように文字を書いていた手がふと止まる。

ドクターは紙を裏返して続ける。「近いうちにみんなに会いにいきます。家族の愛は永遠よ」ドクター・アダマーはシャナイアと署名した。

ラテックスの手袋をはめた手が紙を折りたたんで封筒に入れた。シンクの水気を指先に取り、手紙を入れた封筒の口糊をなぞって封をする。

内容は意味不明でも、手紙に並んだ言葉は温かな安堵となってミッツィを包みこんだ。何があろうと思い出せないよう念を入れたミッツィの罪を赦免しているかのように思えた。詳細を訊いてはいけない。これ以上は知らずにすませるのがいい。

ドクターは箱のティッシュを一枚取り、封筒をそっとくるんでからミッツィに差し出した。指紋をつけないよう用心しつつ、ミッツィはそれを受け取る。

夕方の渋滞が終わるころ、フォスターは車を歩道際に寄せて停めた。学生会館の前に、女が立っていた。分厚い教科書を胸に抱いている。女が手を振って叫んだ。「パパ！　ここだよ！」教科書が本物なのか小道具なのかわからないが、なかなか気が利いている。

女は運転席側のウィンドウからなかに身を乗り出し、フォスターの頬に軽くキスをする。車の前側を急ぎ足で回って助手席に乗りこむ。シートベルトを締める。教科書を二人のあいだ、シートの運転席側に置く。誕生日プレゼントの真珠のネックレスを着けていた。

彼の物語を女に話させずにいると、自分のほうが忘れてしまうのではないか――フォスターはふとそう思って恐怖にとらわれる。とはいえ、忘れることこそ当初の目的だったのではないか。

運転席側のサイドミラーを確かめ、ウィンカーを出して歩道際を離れる。「ポニーを借りたときのこと、覚えているかい」

簡単なエピソードから始めたかった。形を持たない教理問答書の試験でもするみたいに。ポニーのエピソードがあり、次にポットローストの教訓があった。ルシンダの福音書。女が自分の子供時代よりルシンダの子供時代に詳しいくらいになるまで、繰り返し叩きこむつもりだ。尻のすぐ隣に置かれた教科書に手を伸ばし、適当なページを開く。演劇論の教科書だった。ページのあいだにいつもの謝礼をはさんで本を閉じる。

女はそれに気づいていないかのように反対側に顔を向け、ウィンドウの外を流れていく街並みに、歩道の行列に目を凝らしている。

考える時間を稼いでいるのかもしれない。まもなく女は自信ありげに目をきらめかせ、ルシンダの役に入りこむ。「あのときのポニー？　忘れるわけないでしょ。ドッグ・ビスケット」ポニーの名前は合っていた。「二年生の最後の日」日にちも合っている。「新品のケッズのスニーカーを履いてたから、汚したくなくて――」

「スニーカーは赤だったね」フォスターは口をはさむ。

「青だった。水色」これも合っている。

別にあら探しのつもりではない。貴い思い出の細かな点を、フォスターは単に間違った。我が子の話なのに、女のほうが正確に知っていると思うと怖くなる。フォスターはもっと曖昧な方角へ話を振った。「ハロウィーンのことは覚えているかい」

女が訊く。「いつの？」用心深い口調。抜き打ちテストを受ける生徒。

「初めてのハロウィーン」フォスターは車の流れに乗って走りながらヒントを出す。「四歳のときの」

ルシンダは口もとに手をやって親指の爪を噛んだ。集中しようと目を閉じる。そして言った。「言わないで。思い出すから」

フォスターは新たなヒントを出す。「魔女の仮装をしたね」

「ちがう」ルシンダは〝ちがーう〟と母音を伸ばして時間を稼ぐ。それから勝ち誇ったように叫ぶ。「妖精の仮装だった！」

動揺して、フォスターは唐突に車線を変える。すぐ後ろの車がクラクションを鳴らす。「そうだったっけ？」何より貴重な所有物を、記憶を、自分は失いかけている。

するとルシンダはたしなめるように言った。「ピンク色のオールインワンのパジャマに、バレエ教室のピンク色のチュチュを着けた。忘れた？」フォスターの記憶を、女がフォスターに教えている。偽者のくせに、彼の過去の著者になろうとしている。

反論できない。思い出せない。フォスターは初めて立場を逆転させた。「今度はおまえが思い出を選んでくれ」

女は皺一つない額に一本指を当てる。「覚えてる？……おじさんがサンタクロース役をしたクリスマス」

覚えていない。一瞬、激しい怒りを感じた。自分は我が子の記憶を赤の他人に渡してしまった。この女はルシンダの生涯を隅から隅まで知っている。

女は彼を傷つけようとしているわけではない。フォスターの分まで気まずそうに顔を赤らめただけだ。それからおずおずと訊いた。「わたしのモルモットは覚えてる？」

フォスターは、暗い部屋の入口で電灯のスイッチを探すように、記憶のあちこちを手探りする。やがて晴れやかに言う。「リンゴだね」

女の表情が不安げに曇る。「名前なら、ルーファスだったけど」フォスターの記憶違いを正す。これも女が正解だった。車が何ブロックか走るあいだ沈黙が続く。そろそろ目的地に着くころ、女が訊く。「これからどこに行くの、パパ」

空いた駐車スペースを横目で探しながらフォスターは言った。「パパと呼ぶんじゃない」芝居はやめていた。女がゲームに習熟しすぎ、フォスターは負けがこみ始めている。逆転の典型と思えた――親は子供になり、子供が年長者に物事を教える。

駐車スペースが空き、フォスターはそこに車を入れる。女は時刻を確かめるだけというふうに携帯電話をちらりと見る。長い一時間になりそうだ。

「ありがとう」女は抑えた声で言う。「このネックレスのこと」返せと言われるのを恐れているように真珠にそっと手をやる。

フォスターはシートから教科書を持ち上げる。「覚えているか」車のハンドル越しに、少し先の高層オフィスビルを指さす。墓石なみに退屈なビル。

女は身を乗り出し、フロントガラス越しにビルを見る。「パーカー＝モリス・ビルね」女は言った。「パパが昔――あなたが昔働いてたビル」

女がちゃんとついてくるよう、フォスターは教科書を餌として持ったまま車を降りる。歩道をずんずん歩きながら肩越しに大きな声で言う。「あるとき迷子になったのを覚えているかい」

助手席側から車を降りた女は、急ぎ足でフォスターを追った。

「そうさ」フォスターは女を置き去りにして歩きながら言う。「お母さんも私も、二度とおまえは見つからないと覚悟した」

遅れまいと小走りになって、このルシンダは自信ありげな声で言う。「あの日は会社の〝娘の職場参観デー〟で……」

速度を落とさないまま、フォスターは先を促す。「で？」

ほかの通行人をかいくぐりながら、ふいに心細そうな声で女は答える。「わたしは鬼ごっこをしようとした。エレベーター鬼ごっこ」

二人は高層ビルの入口に来た。女はフォスターが持っている教科書にさかんに手を伸ばす。本当に演劇科の学生だから。あるいは、今日の謝礼がそこにはさまっているから。どちらなのか、フォスターにはわからない。「ルシンダ？」フォスターは訊く。「パパとゲームをしようか」


ジミーとつきあっているのは、脚が理由だ。ジミーの脚は長くて、ミッツィの後頭部に楽勝で足が届く。ジミーはミッツィをうつぶせにし、彼女の裸の尻を高々と引き上げる。ジミーは、ビデオを一度見れば覚えられた。脂じみたドレッドヘアにニキビ痕だらけの頬。瓶に入れて百年くらい酢漬けにしたような鼻。骨に硬い革を貼りつけたようなひょろ長い体は、泥炭の沼の底から引き上げたみたいだ。前回ミッツィについた痣のことは決して訊かない。前々回の腕や背中の傷痕のことも。ジミーは、フォンテイン・コンドミニアムのミッツィの部屋で、ビデオをたった一度だけ見た。男にとってポルノはチュートリアルだ。

モニターに映るミニチュアの男は、ミニチュアの女をうつぶせにした。尻を引き上げて膝をついた姿勢にさせ、ミニチュアの足の一方をミニチュアの女の後頭部に置いて、顔を床に押しつけたままにする。反対の足は床についたままで、そちら側の膝を曲げて、女のアナルを犯す。誰にでも真似できる体位ではないが、ジミーならやれる。

ダンス教室の生徒のように、ジミーはミッツィを慎重にひっくり返し、素足を後頭部に置く。二人は床の上だ。ベッドは揺れて頼りない。ビデオの真似をして、ジミーは天を向いたミッツィのアナルに唾を吐きかける。温かな唾はど真ん中に命中した。ビデオのなかのバイカーギャングは噛みたばこを噛んでいたから、ジミーは早くも先生を追い越している。

危ういバランスを保ちつつ、ジミーは勃起したものの先端を押し当てる。もう一方の脚を曲げて重心を落としたその瞬間、ジミーの体重の半分がミッツィにねじこまれた。ジミーの足にうなじを押さえつけられ、ミッツィの口がカーペットにめりこむ。くぐもった声で、ミッツィは焚きつける。「もっと！　もっと強く踏んで！」

ワインが胃袋から喉もとに逆流し、ミッツィはむせながら胃袋に押し戻す。胃液と催眠剤が混じったワインが喉を焼いた。首をねじり、頸椎にかかるジミーの足の圧力を増そうとする。

ミッツィが狙っているのは、〝体内斬首〟だ。はるばるリヴァーサイドまで出かけたのは、だからだ。女ギャングどもの殺人光線じみた視線にもひるまず街を歩き回ったあげくにジミーを見つけた。脚長のジミー。爪白癬にかかった爪先をミッツィの顎に食いこませるジミー。その前の男、バイカーギャングは、態度がでかく、クスリの効用で性欲だけはやたらに強かったが、下半身が軟弱だった。オートバイに乗れば、ももの筋肉が鍛えられるものではないのか。あの男は、ミッツィの後頭部をおざなりに二度ほど踏みつけるのがやっとだった。あれではジムのサンドバッグを蹴るミッツィの脚力にも劣る。そのあとはもう、ミッツィを平手で叩いたり、首を絞め上げたりして気を失わせるのがやっとだった。意識を取り戻すと、男はさっさとベッドに転がっていびきをかいていた。

ほかに何があったか。そう、タトゥー男の肌は青白く、体毛も薄かったから、タトゥーだらけの体は誰かの結婚祝いの磁器を連想させた。目覚めると、ミッツィの髪が束でごっそり落ちていた。頭皮がうずいた。何度そいつをモニターの前に座らせてビデオを見せても、ミッツィの前歯を折ったり、治るのに一月《ひとつき》以上もかかるようなどえらい裂傷をアナルに負わせたりするのがせいぜいだった。

ジミーがうめく。ビデオの男が言う。「うしろの穴をよこしな」そして女の尻を平手ではたく。ジミーが言った。「うしろの穴をよこしな、ビッチ」そしてミッツィのももを平手ではたく。二人とも全身が汗でぬるついている。ワインをしこたま飲んでおいたから、大いに希望がありそうだ。腰を引いて勃起したものを抜くたび、ジミーの重心は高くなって、いまにもひっくり返りそうになる。ジミーは乳しぼり用の三脚椅子みたいに三点で体を支えている。何か一つでもうっかりミスをしたら、ミッツィの壊れやすい背骨のてっぺんにジミーの全体重がかかりかねない。ミッツィの頭のなかで何かがはじける。ぱきりと音が鳴って、口のなかに血があふれた。しかし折れたのは背骨ではなく、床に押しつけられた鼻だった。カーペットに横向きに押しつけられた軟骨が、干したカニ爪みたいにあっけなく折れた。

せっかくの完璧な音響効果なのに、録りそこねた。ミッツィの思考はふたたび当てもなく漂い始める。森の奥で鼻が折れたとき、それを録音してフィルムに焼きつける者が誰も居合わせなかったら、その鼻は本当に折れたのか。

フォスターは、女が最悪の筋書きを予想するにまかせた。手を振って女をエレベーターに乗せ、言う。「上に行ってもいい。下に行ってもいい。エレベーターを乗り換えてもいい。ただし私に追いつかれたら、おまえは死ぬ」ジャケットの内側に手を入れ、ショルダーホルスターから拳銃を抜く。ロブの銃。弾は入っていない。

このビルのセキュリティはいまも冗談みたいに甘い。当時もいまも、警備デスクに警備員は常駐していない。ずらりと並んだ監視モニターには、無人の廊下の白黒映像が映し出されている。その一台のなかで、フォスターは拳銃を握っている。薄くなりかけた頭、眼鏡の分厚いレンズ越しのやけに大きな目、静脈の浮いた手の一方に拳銃。誰もフォスターを見ていない。見ているのはフォスター一人だ。

警察を呼んでこの男を逮捕してくれと訴えればいい。どうせ警察は来ない。この世界はもう、そういう場所だ。もとからそういう場所だったのかもしれない。

拳銃は、女を怯えさせるのに必要だ。このルシンダも、フォスターを恐れるようになれば、もう二度と電話してこないだろう。用もないのに彼の前に現れ、思い出を語り合うことは二度とないだろう。どうしても依存を断ち切れそうにない。この女は死んだと思いこむしかない。

女がかわいらしい首をかしげて彼を見る。真にたぐいまれな役者なのか、あるいは彼の顔に冷酷な何かを見つけたのか、まばたきをして涙をこらえた。助けを求めるような目をフォスターの肩越しに背後に向けたあと、手を伸ばして階数ボタンのどれかを押す。エレベーターの奥の壁へとゆっくり後ずさりする。

「電話を使ってもいい」フォスターは警告のように言う。「火災報知器を作動させたってかまわない。だが、一つところに長居してみろ、警察より先に私がおまえを見つけるぞ」
とうの昔にこうすべきだった。フォスターはすぐには追わず、その場で待った。

扉が静かに閉じ、エレベーターが動きだす。インジケーターによれば、上階に向かっている。ロビーに据えられたステンレスのパネルに、垂直に上下する赤いランプが並んでいる。その一つひとつが各エレベーターの位置を示している。女が乗ったエレベーターは、十七階で停まる。別のランプが同じ階で停まったあと、数階下に移動した。フォスターをまこうと、エレベーターを乗り換えたのだ。

小さな赤いランプが女の逃走ルートを描く。上へ、下へ、左へ、右へ。ビルの片側のエレベーターから猛然と走って反対側のエレベーターへ、そして下へ、あるいは上へ。そしてまたエレベーターを乗り換える。

今日のフォスターの仕打ちで怖気をふるって、彼女はこの先一生、フォスターから逃げ続けるだろう。

フォスターの読みでは、女はもうじきパニックを起こす。警察に、あるいはヒモに電話をかけるだろうが、一カ所に長くとどまればフォスターに捕まるから、ひたすら動き続けるだろう。思ったとおりだった。エレベーターの一基が急降下を始めた。まっしぐらにロビーに向かっている。

その急降下を目で追いながら、フォスターは娘とゲームをした遠いあの日を思い出す。フォスターは娘を追いかけた。娘の姿が一瞬見えても、娘は悲鳴に似た歓声を残して別のエレベーターに逃げこんだ。娘を捕まえようと手を伸ばしたときにはもう、娘の姿はなかった。愉快じゃないかと思った。愉快なゲームだ。

警備部門に連絡して出入口を全部封鎖してもらうという考えは浮かばなかった。どのくらいの時間、肩で息をし、笑いながら、娘を追いかけていただろう。ばかみたいに娘の名を繰り返し、幻影を追い回した。

教科書を持ったまま、フォスターは到着するエレベーターのすぐ前に立った。

扉が開くなり女が飛び出してきて、あやうくフォスターにぶつかりそうになった。急ブレーキをかけて止まった女は、尻餅をつく。カーペット敷きの床に倒れる。体を丸めて身を守ろうとしながらすすり泣く。「やめて、パパ！」泣きじゃくる。「やめて」

フォスターはジャケットの内側から拳銃を抜き、銃口を女の頭頂にそっと当てる。美しい鳶色の髪。「おまえは私の娘ではない……大根役者だ」念のために、心底彼を嫌わせるために、付け加える。「おまえは売女だ。安っぽくて薄汚い、チンケな売女だ」

女は泣くのをやめて顔を上に向ける。銃口が眉間を狙う。それまでの恐怖は、怒りに変わる。フォスターが女を殺そうと殺すまいと、このルシンダは彼を殺してやりたいと思っている。それでいい。願ってもない。


**ブラッシュ・ジェントリー著『オスカーの黙示録』（四五ページより引用）**

**人は、世の中は、ミッツィ・アイヴズを愛した。文字どおり愛した。現金が山と積まれた**

あの部屋がFBIに発見されたあとでもまだ〝疑わしきは罰せず〟の原則を適用しようとしたくらい、誰もがミッツィを愛した。ミッツィは赤ん坊のときにお母さんを亡くした。十代でお父さんも失踪したけれど、ミッツィは負け犬の道をたどらなかった。苦労の連続だったからこそ、何があろうとくじけない人間になったのね、きっと。

もちろん、いろんな噂は流れたわ。女が、それも若いシングルの女がハリウッドで成功すると、かならずアンチが現れて悪口を言う。どうせ枕営業で音響効果のトップになったんだろうとか。そうじゃなければ、サディストの連続殺人犯に決まってるとか。いまでもその噂は消えていない。わたしは噂なんて真に受けないけれど。

そんなことより、クロムダイオプサイドよ。だってそうでしょ、アンチが流す噂に乗っかったり、一緒になって嫉妬したりしている暇があるなら、リーズナブルな価格で往年のハリウッド女優のオーラを手に入れるほうがいいに決まっている。華やかで知的なファッション通の女性にとって、うちのジュエリーはまさにそれなの。わたしの会社のキャッチフレーズはこうよ——〈エメラルドを超えたエメラルド〉。でもね、どんな業界でも、強くて頭のいい女がトップに躍り出ると、レガシーメディアはこう言うのよ。誰かの死の苦しみを踏み台にしてのし上がったんだろうって。シェリル・サンドバーグがいい例ね。

ミッツィ・アイヴズは殺人者だったって言い張るアンチに、こう訊いてみたいわ。「そう言うなら、死体はどこに消えたの?」そんなに言うなら、死体を見せてよ。

ジミーは真ん中に座るのをいやがった。世間ってやつは、すぐ後ろに座った奴らは、うっかりおれの座席を蹴飛ばすだろ、とジミーはぶつくさ言う。左右に座った奴らは、考えなしにおれを肘で突いたり、ひそひそしゃべったりするだろ。すぐ前の列に座った奴らは、背が高すぎたりするだろ。どんな劇場でも、真ん中あたりの席は映画を観るのに最適だが、気が散る分でその利点は相殺される。ホームシアター市場が活況なのは、だからだ。

「今夜は特別だってば」ミッツィはジミーに言う。「だまされたと思って」

ジミーは〝ラフカット〟が何だか知らない。ラフカットの試写が何だか知らない。映画会社に入れる、その特権にはしゃいでいるだけだ。ミッツィはジミーの興奮に水を差そうと、こう説明した。タキシード姿のセレブが集まるきらびやかなイベントではない。南北戦争映画の未完成バ《ラフカ》ー《ッ》ジョン《ト》を観るだけだ。ちなみに、そもそもがあまり出来のいい映画ではない。誰もめかしこんでなど来ない。カジュアル・フライデー程度と思えばいい。

カジュアル・フライデーといってもジミーには通じない。ジミーにできるせいいっぱいのおしゃれは、脂で固まったドレッドヘアに洗濯したてのバンダナを巻く程度だ。

今回のイベントに自分たちが招待された理由はわからない。毎日、夜にやることといえば、古典を読むか、業界のイベントに出かけるか。より簡潔にいえば、賢い死人と過ごすか、生きているバカと過ごすか、二つに一つだ。

映画会社の試写室のロビーでは、誰も二人に近寄らない。目に見えないシールドに阻まれているかのように、誰もミッツィに近寄らず、二人に話しかけてもこない。ミッツィの首の痣のせいかもしれないし、折れた鼻や腫れた目をコンシーラーで隠す努力はしたものの、その努力が適当すぎてちっとも隠れていないせいかもしれないが、究極にはもっと大きな理由で疎まれていることをミッツィは知っている。

ここでは、〝ハロー〟といえばまず〝ジョブをプリーズ〟の意味だ。人によって仕事《ジョブ》だったりフェラチオ《ブロージョブ》だったりの違いはあるとしても。自分は、ここにいる誰にいわせても、できれば存在を消したい存在であるという事実をミッツィは心得ている。同意年齢に達する寸前に誰もが寄ってたかってファックした子役スターのようなものか。

おめでたいジミーには、ミッツィの裏の顔が見えていない。その愚鈍さに悪寒がするが、一方で、汚《けが》れのないものと見られたいとも思ったりする。いまこの瞬間もジミーは近くの女優にすけべな視線を注いでいるが、それでもミッツィはそう思う。そのブロンド女優は、ワイヤやらボーンやらがたっぷり仕込まれたストラップレスのドレスを着ていて、乳房はトレーに盛りつけた料理みたいに見える。まつげにたっぷりマスカラが塗られた目は、食虫植物が二つ並んでいるみたいに見える。

不潔でだらしない見てくれが億万長者のセレブといっても通りそうなジミーは、ブロンド女優にいやらしい視線を向けている。「あれってブラッシュ・ジェントリーかな」そう言って、中年というにはやや若いブロンド女優、トロフィーワイフといっても中流家庭の教育ママといっても通りそうな女のほうにグラスを持った手を動かし、酒を盛大にこぼす。女優のカールした髪は、ドライブイン・シアターで観た映画の数々を思い起こさせる。女の主人公が化け物キャラや狂気の殺人鬼につけ狙われたあげくに惨殺されるような一連の映画。金色の巻き毛はいまも健在だ。ウェストのサイズも変わっていない。ジミーの好色な視線を察知したのか、女優の青い目がジミーを発見する。

このあとの展開が目に見えるようだ。ブラッシュ・ジェントリーは、どこの誰とも知れぬ付き人との会話を唐突に打ち切り、もっとましな役のオファーを期待して一直線にジミーのところに来るだろう。昨日のドラッグの売人は、今日のエクゼクティブ・プロデューサーだ。いまどきのマリファナ業界は、銀行が預からない利益をロンダリングする手段として、インディペンデント映画の製作プロジェクト、大規模プロジェクトに資金を投じる。首にタトゥーを入れたあばた面のジミーは、いかにも始動したばかりのプロジェクトを抱えて役者を探しているプロデューサーに見える。

女優は即座に視線をジミーにロックオンし、二人に近づいてきた。「どうも」女優は言い、美しい手を差し出す。かつて肉切り包丁で切り落とされた手。「ブラッシュよ」

スターを前にして舞い上がったジミーのあばた顔が紅潮する。タトゥー入りの手が、女優の切り落とされていない手をそっと握る。「ジミーです」

ブラッシュはミッツィに視線一つ向けなかったが、ミッツィは手を差し出した。「ミッツィ・アイヴズです」そして付け加えた。「アイヴズ音響効果社《フォーリー・アーツ》の」

女優はミッツィと握手を交わしたが、目は合わせなかった。それから言った。「よろしくね。でも、悲鳴は自前でやってるから」

まもなく女優は名刺を渡そうとするだろう。自分の出演シーンを集めたサイトのURLを並べた名刺。ジミーのほうは、高校程度修了認定試験合格証《GED》のスクリーンショットで応えるだろう。業界のドンなどではない。そうわかったとたん、いまできたばかりのブロンドの親友は、仕事のオファーをくれそうなほかの大物を探して人のあいだに消えるだろう。

ミッツィを見ても、誰もが見て見ぬふりをするが、やがて、もじゃもじゃの頬髭とでっぷり太った腹のボールみたいな文字どおりの業界の大物が目配せをする。ミッツィはジミーに言った。

「ちょっとおトイレ」そして入口近くのトイレに向かう。

婦人用トイレの洗面台の前に立ち、鏡越しに背後のドアを見張る。鏡に映ったミッツィが、腫れて充血した目で見つめ返している。業界の大物の男は遠慮のかけらもなく入ってくる。ミッツィ以外に誰もいないことを確かめてから言う。「何やら特別な商品の買い手を探していると聞いた」

いまどきのトレンドでは、人々はメディアをそれぞれ一人きりで消費する。録音済みの笑い声や観客の悲鳴がないと、映画やドラマは魔法の威力を発揮できない。映画会社はそれを知っている。配給会社も劇場チェーンも知っている。だから、何とかコンテストと銘打って人々に応募させ、マスコミ向け試写会に特別招待する。何かを勝ち抜いたつもりの若年層は、有頂天だ。影響力ある地元の評論家は一握りしかいなくても、会場は熱狂した若者で埋め尽くされる。

それだけ大勢を脳髄までハイにできれば、絶賛する批評がメディアに氾濫すると保証されたようなものだ。ヒトの感情を司る大脳辺縁系はハイの絶頂あるいはローのどん底に到達するのにコミュニティを必要とする。

ところがホームシアターや配信サービスの普及を境に、大衆は家から出なくなった。とりわけ新しもの好きや可処分所得の多い層やアーリーアダプターはそうだ。みな家で一人で映画を鑑賞し、最近の映画が昔ほど笑えないし怖くもないのはなぜだろうと首をひねる。

ミッツィと二人きりの婦人用トイレで、業界の大物は言う。「ちょっと聴かせてもらえないか」

音源ファイルを探して、ミッツィは言う。「タイトルは〈バイカーギャング、ブロンドの長髪、二十七歳、拷問死、ヒートガン〉」大物は、毛が鬱蒼とした耳の穴にイヤフォンを押しこむ。

誰でも一人きりのときは気恥ずかしくて感情を表に出さない。悲鳴を上げるには、先に上がっている悲鳴が必要だ。もっと大きな大脳辺縁系に属しているという実感が必要だ。それが大脳辺縁系共鳴だ。犬という犬が一斉に遠吠えをするのと同じだ。

プロデューサーは、最高の悲鳴を巡る争奪戦から最初に離脱する一人にはなれない。

ミッツィは再生ボタンを押す。

業界の大物は、まるで電気に打たれたみたいに直立する。全身が震え、目は見開かれた。黄色い瞳を中心に、血走った白目が丸く盛り上がる。

大物は洗面台の縁《へり》に両手をついて前かがみになり、苦悩に満ちた涙を流す。ミッツィは言う。

「いまの最高入札額は百二十万ドル」

会場のバーに戻ると、必然の光景があった。ジミーが独りぼっちで立っている。

「何なんだよ」ジミーは言った。「おれ、臭いとか？」傷ついているらしい。ブラッシュ・ジェントリーは逃げ、ほかの誰もジミーに近寄ろうとしない。ジミーは外の世界で生き延びる術《すべ》を知らない。上流社会から忌避されている。その感覚に、ミッツィはもう何年も前から適応している。彼女のおぞましい真実を断固として無視する男を愛さずにいるのは難しい。ただし、同じ男を敬うのはさらに難しい。

ミッツィは小さな試写室にジミーを連れていく。観客席の真ん中あたりが満席なのは一目瞭然だ。そのあたり、最良の座席のあたりはもう少人数のグループやカップルで埋まっていて、一人分の席がぽつりぽつりと残っているだけだ。ミッツィはジミーを通路に残し、体をななめにして、真ん中あたりの列の奥へと進む。失礼と繰り返しながらずんずん進んで、全員の中心に一つだけぽつんと空いた席を目指す。

ジミーは外出せずに部屋でセックスするほうがいいと言った。アンビエンのおかげで、ジミーとのセックスは毎回が初めてのように思える。ジミーがゴムを着けているのかどうか、ミッツィは知らない。きっと着けていないだろう。ジミーはここまでの人生で何一つ成し遂げていないから、自分のコピーができる程度にしか思っていない。バージョンアップ版のおれ。ジミー2・0。人生を二本立てにできるかのように。二本立てになれば、重荷や責任は新しいほうの自分に押しつけ、オリジナルのジミーは残りの人生を好きに浪費できるかのように。

お断りだからね、とジミーには言ってある。妊娠なんて絶対にごめんだから。

ミッツィが真ん中の席に腰を下ろすのと入れ違いに、片側に座っていた四人組が無言で立ち上がり、離れた席に移動した。反対側のカップルも立ち上がり、条件の悪い席に移動する。数分のうちに、ミッツィを取り巻く座席は無人になった。左右はもちろん、前方数列と後方数列にわたって広大な無人地帯ができた。ミッツィはジミーを見やり、おいでよと手招きした。

「ラッキー！」大きな声で言う。「二人並んで座れる席があった！」コンドームをめぐる疑問はミッツィの頭から離れない。おまけに、着ているドレスのウェストまわりがきついような気がする。胸まわりも。そう気づいて、この体には自分以外にも誰か棲んでいるのではという恐怖に押しつぶされかけて、ミッツィは座席に深く沈みこむ。

ネットは役立たずだ。彼女は再婚していた。姓が変わっている。フォスターが彼女のかつての職場に問い合わせると、そう言われた。彼女を直接知っている人間、当時の同僚は一人もいない。職員は世代交代した。フォスターができれば連絡したくない人物の筆頭は、義父だ。

ネットで義母の死亡記事が見つかった。遺族の名が載っている。そのなかにアンバーの名があった。ルシンダの母親。いまはアンバー・ジャーヴィスと名乗っている。電話番号案内にかけると、ジャーヴィスの名義で登録はあるが、番号は非公開だった。

観念して、フォスターは義父に電話する。ルシンダの祖父。

「もしもし」アンバーの父親の声は朗らかそのもので、フォスターは思わず電話を切りかけた。せっかくの上機嫌に水を差しては申し訳ない。

フォスターは自分の尻を叩いて言う。「ポール？」

あいかわらず快活な声で、義父が訊き返す。「おお、ゲイツか」

フォスターはアンバーの連絡先を尋ねない。少なくとも、藪から棒には尋ねない。まずはサポートグループが計画した儀式の説明を試みた。

いまどきのトレンドでは、白一色の棺を用意する。スチールでもいい、ラッカー仕上げの硬材でもいい。高光沢仕上げの棺。会葬者は特製の油性ペンで棺の側面や蓋に自分の名前を書き、愛情のこもったメッセージを添える。フォスターは嘘っぱちの葬儀の説明を試みる。サポートグループの言うところによれば、心の区切りをつけるための儀式。

どうかしていると聞こえないよう気を遣う。啓《ひら》けた人々がやるまっとうな行事と聞こえるよう気を遣う。

アンバーの父親のポールは、何も言わない。不信感が伝わってくる。

フォスターは言った。「リンダはお気の毒でした」アンバーの母親のことだ。死亡記事によると、三年前、癌で亡くなった。「連絡をもらえていたら、行ったのに」

口調から察するに、ポールは怒ってはいない。「きみには連絡するなとアンバーから言われてね。来てもらいたくないからと」

気持ちはわかりますとフォスターは言う。本当はわからない。ポールに、棺の儀式に参列してもらえるかと訊く。

一瞬の間があって、ポールは言った。「私は遠慮しようかな」

フォスターは、感情の解放について説明したい。サポートグループから叩きこまれた理屈。音楽や花は、ある種の舞台装置だ。喪失感を外に出すための舞台装置。悲しみを一人で抱えこむのではなく、表に出すためのの。心の区切りについて、ポールに説明したい。

だがその気持ちを抑え、フォスターは言葉をのみこむ。ポールにはっきり断られたくない、それだけのために言葉を重ねても無意味だ。

同情からか、ポールは言った。「アンバーに伝えておく」

フォスターは言った。「ありがとう」

元義父は付け加えた。「しかし、あらかじめ言っておくが、あの子も参列はしないと思うよ」

ミッツィは、見知らぬ他人の悲鳴を予測できる。ずいぶん長いあいだこの仕事を続けているし、依頼の頻度も高い。空港に行けば、他人をこっそり観察する。スーパーマーケットでも。ママ助けてと叫びそうな男を見分けられる。ただ絶叫しそうな人物も。経験は、少なくともミッツィが積んできた経験は、神を求めて叫ぶ人間はいないと証明している。太っていようと、痩せていようと。黒人、白人、あるいはアジア系であろうと。男も女も。老いも若きも。人を見れば、その人がこの世での最後の瞬間にどんな声を出すか当てられる。

一見しただけで、図書館ですれ違った見知らぬ他人が、歯を食いしばり、ぎりぎりまで抵抗しながら低いうなり声を残して息絶えるのではなく、最後に一つ腹の底から絶叫するだけであっけなく逝くだろうと予想できる。悪くすると、空気漏れした風船のような情けない声、つい笑ってしまうようなみじめな声、きいきい鳴る犬用の玩具みたいな声かもしれない。そうやって死ぬ人間は現にいるし、その数は少なくない。

そういった人間とじかに仕事をした経験がなかったとしても、その空隙を埋める音源コレクションがある。ミッツィが継承したコレクション。いくつもの部屋を埋め尽くして何列も並ぶファイルキャビネット。そこに、録音技術の黎明期までさかのぼるサンプル音源が集積されている。そのなかに、スズ箔を巻きつけた金属のシリンダーがある。スズ箔には録音用針が残したさまざまな深さの音溝がうねうねと刻まれている。シリンダーの一つにつけられた黄色い紙のタグにはこうある――〈アイルランドから移民してきたばかりの男、胸をつぶされる、石臼〉。そういった遺物を再生できる機械もしまいこまれている。ミッツィは、抽斗の一つを開け、そこにぎっしり詰めこまれていた、かちかちに固まった蠟の中空のシリンダーを端から確かめたことがある。〈米先住民族イロコイの妻、絞殺、スロー・ミドル・ディスタンス、革ひも〉。かちかちに固まったゴムやセルロイドの円盤がぎっしり詰めこまれた部屋を、何週間もかけて端から探索したこともある。素材は時代とともに変遷してシェラック盤になり、最後にはビニール盤になった。

悲鳴の膨大なコレクション。映画は、単にこれを世間に聞かせるための手段として発明されたのだろうか。ここにはある種の不死がある。収集され、整理され、永久に保存された苦しみ。ネイティヴアメリカンは正しいのかもしれない。写真が人の魂を盗むなら、ここに並んでいる録音は、死者の魂だ。彼らは死んでいるが、天国にも地獄にもいない。彼らは在庫品としてここにある。彼らは利益を生む。一部は――ほとんどは、将来のために保存されたものだ。ためこまれた資産。冷えびえとしたコンクリートの部屋に並んだスライド式のスチール抽斗にしまいこまれた資産。

コモディティ化された苦痛。

リースリング・ワインをグラスに注ぐ。アンビエンをのみくだせる分だけ口に含む。すぐにおかわりを注げるよう、ボトルは手の届くところに置く。

録音の一つひとつがドラッグだ。どれもがミッツィの鼓動を速くする。呼吸は遅くなる──ついに苦しくなって空気をむさぼるまで。どの悲鳴も血管をアドレナリンとエンドルフィンで満たす。ミキシングコンソールにもたれ、頭にヘッドフォンを着けて、ただ聴く。悲鳴サーフィン。

心身の力が尽きかけたところで初めて、お気に入りの音源をセットする。お気に入りの悲鳴のマスター音源。〈妹、恐怖のなかで息絶える、父を求めて叫ぶ〉。ワインのおかわりを注ぐ。そして再生ボタンを押す。


手がずきずきと痛む。傷が膿んでいた。空港で親指についた歯形。肘を曲げたままでいないと、傷のあるほうの手を下ろしたままにしておくと、たちまちミットのように腫れ上がり、得体の知れぬ液体がぽたぽた垂れる。

サポートグループの医師、ドクター・アダマーは、お集まりのみなさん頭《こうべ》を垂れてくださいと言った。聖書の詩篇の第二十三篇を朗読するはずだった。ところが何をどう間違ったか、ヨシュア記の一節を読み上げる。エリコの陥落のくだりだ。とはいえ、誰も間違いに気づいていないらしく、ぼんやり者たちはうっとりと笑みを浮かべ、共感のしるしにうなずく。

ドクター・アダマーは朗読を締めくくりにかかる。「……ひとしくみな大声を挙げて呼ばわり、石垣は崩れ落ちた……町にあるものは……ことごとく滅ぼされた。男も女も、若い者も老いた者も……」聖書を閉じたドクター・アダマーは、フォスターを演壇に手招きする。

ゲイツ・フォスターは弔辞を述べるために演壇に立つ。まるで宣誓するかのように、腫れた手は上げたままだ。サポートグループの馴染みの数人をのぞき、参列者の大半は見知らぬ相手だった。集まった視線の圧にフォスターはたじろぎ、目をそらす。どこに目を向けても、見知らぬ誰かのまばたき一つしない目が彼を見つめている。誰もが手で口もとを隠してささやき合っている。どこかからくぐもった笑い声が聞こえた。

そのときだ。フォスターが彼女に気づいたのは。アンバー。新姓ジャーヴィス。礼拝堂の最後列の折りたたみ椅子に、ルシンダの母親アンバーが座っていた。きっと来ないだろうと思っていたのにどうだ、葬儀に参列している。どうやら一人きりで来たらしい。喪服の海に薄茶色のコートがぽつんと一つ。

「六歳のとき」フォスターは口を開く。「ルシンダは母親に料理を教えてと頼みました」思いきって最後列のアンバーに視線を向けた。アンバーが先を促すように小さくうなずく。「そこで一緒に夕飯のポットローストを作ることになりました……」話のゆくえが見えたのだろう、アンバーの顔に控えめな笑みが浮かぶ。

フォスターは間を置き、ほんの一瞬、アンバーに笑みを返す。「ロースト肉の包装を剝がしたあと、母親はルシンダに、戸棚の下の段から鍋を出してと頼みました」行動の一つひとつ、ディテールの一つひとつが、次の記憶を招き寄せる。「母親はロースト肉をまな板に置き、まず最初にロースト肉の細くなった側から五センチくらいの部分を切り落とすと教えました」そう言いながら、無意識のうちに目に見えない生肉の塊を両手で演壇に置いた。腫れ上がった手は、空手チョップの形にまっすぐ伸びてナイフになった。

目に見えないロースト肉を切りながら、肉の端から五センチを切り落とすのはどうしてとルシンダは尋ねたと話す。母親はとっさに、細くなった側に先に火が通ってぱさぱさになり、食べられなくなるから、取りのけておいて別に料理するのだと説明した。

フォスターは声を立てて笑う。「ルシンダは納得しませんでした」ルシンダは納得せず、ロースト肉全体に同じ速度で火が通らないのはなぜかとしつこく尋ねた。「そういう利発な子供でした」我が子について過去形で話すのは苦しかったが、フォスターはそう言った。

フォスターの背後には、蓋を開けたままの棺があって、くたびれた玩具が小山をなしている。ロブとサポートグループの一同から届いた白いカーネーションの巨大な花輪が飾られている。優勝した競走馬の背に飾るような花輪だ。ルシンダの二年生のときの笑顔の写真がポスターのサイズに引き伸ばされ、棺の脇のイーゼルに立てられている。

フォスターは顔を上げ、元妻と視線を合わせた。娘と同じ濃い色をした豊かな髪を背中に下ろしている。顔まわりに幾筋か白髪が交じっていた。アンバーがうなずく。フォスターはスピーチを続ける。

「ルーシーは、ロースト肉の端を切り落とす理由にどうしても納得しませんでした」記憶をたどりながら話す。アンバーは、筋が通った理由をほかにもいくつか挙げた。たとえば、薄くて細い端っこは脂が多いから。切り落とす部分は苦くなったり、硬くて嚙みきれなかったりするから。いずれにせよ、とアンバーはルシンダに言い聞かせた。自分もやはり母親に、すなわちルシンダの祖母にそう教わったのだから、自分の娘にも同じように教えるしかないのだと。

「それでも」――フォスターは肩をすくめ、困惑ぎみに両手を広げる。「ルシンダは、おばあちゃんに電話して訊いてみると言って譲りませんでした」

そこで二人はルシンダの祖母に電話をかけた。いまから三年前に癌で死んだ祖母だ。そして、ロースト肉の細くなった側を切り落とさなくてはならないのはなぜかと訊いた。

この話は、ここでようやくオチに行き着く。

「おばあちゃんの答えは、火の通りが一定でないからではなく、ぱさぱさになるからでもありませんでした」フォスターは言った。「家にはロースト鍋が一つしかなくて――遠い昔の話ですからね――その鍋に入りきらなかったから、でした」

この話を聞いて反省すべきは、誤りが世代を超えて継承される事実だ。筋の通った説明が一ダース、そのどれもが間違っていた。

ルシンダは、彼らの利発でかわいらしい娘は疑問を抱き、その結果、究極の真実に一家を導いた。

フォスターは目を上げた。アンバーは真剣な顔で聞いていた。

話が進むにつれ、着席した参列者のなかに携帯電話をかかげてフォスターの弔辞を録画する者が増えていた。聴衆のどこかから「冗談きついな、おい」という声が聞こえたが、それは聞き取れないくらいの小さな声だった。別の声、画面サイズの男の声も聞こえた。「あいつはきみのパパじゃないんだよ」

礼拝堂に笑いのさざ波が広がる。参列者一同は背を丸め、タップしてメッセージを打っている。これまでより大きな声が、男の声がわめく。「あの男は児童ポルノを製作している！」フォスターの声だ。フォスターの声が、また別の携帯電話から響く。「きみはもうあいつの性奴隷じゃないんだ。もう終わったんだよ」

みな空港の動画を見ている。少なくとも誰かが見ていた。あの動画はあれから拡散して、フォスターはすっかりネットの有名人になっている。みなネット上のフォスターを見つけたのだ。

無数の携帯が録画を続けている。フォスターの反応をとらえようとしている。フォスターは首を伸ばし、屹立する腕の森の向こうをどうにかのぞく。ルシンダの母親を見たかった。だが、さっきまで彼女が座っていた椅子は空っぽだ。アンバーは逃げ出した。

動画から切り抜かれたフォスターの声が叫ぶ。「ポットローースト！」声がわめく。「ポットロースト！」誰かが笑い、しーっという声が周囲から湧く。まだ動画を撮影中だからだ。人々はアンコールを期待している。

ルシンダは死んだ。なのに誰も関心を払わない。ルシンダは生きた。なのに誰も関心を払わない。フォスターの内側で怒りがふくらんでいく。子供に性的虐待をする連中を頭のなかでぶちのめすとき、あるいは連中にマシンガンをぶっ放す空想をするとき、感じるのと同種の怒り。

ジャケットの内側で、心臓の鼓動に対抗するようにはずむ重たい何か。拳銃だ。

ミッツィはナイトガウン姿で窓の前に立つ。新しく頭痛がしていて、それはミッツィがまだ死んでいない証だ。背後でいびきをかいているジミーも。通りの向かい側のオフィスビルには、一つだけ明るい窓がある。ミッツィと同じ夜型人間、父親の形をしたどこの誰とも知れぬ誰かがぽつんと一人、パソコンのモニターに表示された何かに目を凝らしている。きっとお祝いなのだろう。茶色いものが入ったボトルからウィスキーらしき液体を飲んでいる。ボトルから直飲みしている。

向こうからは見えないここで、ミッツィはべたついたワイングラスを掲げて祝意を贈る。ジミーにはどうやら期待できない。本人の努力が足りないわけではない。ミッツィの首の上に文字どおり立ったのに、それでも首は折れなかった。ふらつきながら片足で乗ったりまでしたのに。ミッツィが得た明らかな成果は首の痛みだけで、頸椎椎間板ヘルニアにさえならなかった。代役を探すには、もっとどん底までもぐらなくてはならないようだ。ベイカーズフィールドかストックトンあたりまではるばる行かなくてはならない。トレーニングジムをのぞいて歩き、脳味噌まで筋肉でできているような輩を探すしかない。鼻は折れたとはいえ、ジミーには殺しの才能が欠けている。

背後でいびきが聞こえている。ベッドから聞こえていたいびきが途切れる。

ジミー、骨に革を張りつけたみたいな脚長のジミー、リヴァーサイドの小悪党の鼻息と勇み肌をまとったジミーが言う。「どうかしたか、ベイビー?」

ミッツィは彼のほうを振り返らずに訊く。「映画に出たくない?」思いすごしではない。たしかに胸が大きくなっていた。乳首がうずいている。

ジミーが言った。「夢みたいなこと言ってんなよ」しかしその声は、いかにも微笑んでいる。ジミーを分厚い沈黙が包んでいた。信じがたい思いに身動き一つできずにいるのだろう。

ミッツィはオフィスビルの男に目を注ぐ。男はキーボードを叩き、ぼんやりと光を放つモニターをのぞきこむ。ミッツィは訊いた。「〈グーフィーの叫び〉って何だか知ってる?」

「ああ」ジミーが嘘をつく。

「もともとはハンネス・シュロールっていうオーストリアのスキー選手のヨーデルなんだよ」ミッツィは説明する。「初めて使われたのは一九四一年の『グーフィーのスキー教室』って短篇アニメ」以来、そのヨーデルは数百の映画や数千のテレビ番組やビデオゲームで使われた。人間の声の録音として、世界一有名な音源といって過言ではない。シュロールはただの一セントも受け取っていない。

ベッドの上でジミーが姿勢を変える。スプリングが軋んだ。「そんな男の話、初耳だ」

ミッツィは溜め息まじりに言った。「でしょ、あたしが言いたいのはそこ」

「けど」ジミーは粋がる。「おれなら、仕事した分の金はちゃんともらうぜ」ジミーはベッドサイドテーブルの何かに手を伸ばすが、つかみそこねる。ガラスが割れる音。灰皿か足つきグラスだろう。ライターがかちりと鳴り、煙のにおいがミッツィのほうに漂ってくる。フォンテイン・

コンドミニアムは全館禁煙だが、いまさら言うまでもなく、ジミーもそれを知っている。ミッツィは、自分のグラスを透かし、あとどのくらいワインが残っているか確かめた。ちょうどそのとき、通りの向かい側のビルに一つだけ浮かんだ明るいオフィスで、椅子に座っていた男がふいに背中を丸める。眼鏡が鼻から滑り落ちる。男はデスクにゲロをぶちまけた。

今夜は自分のオフィスに身をひそめている。明日、フォスターは葬儀の一件で逮捕されるだろう。警察に自首するつもりでいる。どのニュースサイトを見ても、フォスターは今夜のトップニュースだ。動画に次ぐ動画のなか、異なる距離と角度から撮影されたショットのなか、葬式で携帯電話を使って撮影された動画のなかで、フォスターはジャケットの内側から銃を抜く。パソコンのスクリーン上で、動画バージョンの小さなフォスターは両手で銃を握り、腕をまっすぐに伸ばして参列者のほうを振り返る。折りたたみ椅子ががたんと後ろに倒れ、一列ごとに人々の波が起き、すぐ後ろの列の人々の膝にあふれ出す。参列者は他人を踏み台にし、激しくけり出される脚の小山や激しく振り回される腕の束をかき分ける。パソコンのちゃちなスピーカーから、彼らの泣き叫ぶ声と布地が引き裂かれる音が流れる。人の手が、はしごの段をつかむように他人の襟やベルトをつかむ。人の靴が、床に倒れこんだ他人の体の層を踏み越えていく。別の動画では、台上の棺がかたむき、さらに大きくかたむいてひっくり返り、ひっくり返って床に落ち、テディベアのぬいぐるみやお悔やみのカードをぶちまける。

また別の動画では、ちっちゃなフォスターが金切り声をあげる人々から後ずさりし、非常口から逃げていく。

今夜フォスターは、ジャックダニエルをあおりながら、最後に一度だけ我が子を探してダークウェブを見て回るつもりだ。

鬼ごっこだったとはいえ、自分から逃げた我が子を憎く思うときもある。どういうつもりだったにせよ、もしあのときエレベーターに逃げこんでいなかったら、ルシンダはいまも生きていただろう。そう考えると、今日の葬儀は役割を果たしたといえそうだ。フォスターは悲しみと怒りを表に出さざるをえなかった。そしていま、悲しみも怒りも消えている。我が子への執着をやっと手放したのだ。

これは、この無関心は、麻痺状態とは違う。なぜなら、心が麻痺しているとき、それは反動を示唆するからだ。何らかの感情の揺り戻しがある。だが、無関心に反動はない。

新着メールが着信音とともに届く。見覚えのないアドレスから、URLリンクが一つ。発信者は隠れ変態野郎かもしれないが、届いたのはYouTubeの海賊版映画に誘導する、どこにでも転がっているようなリンクだ。

フォスターはおとなだ。自分一人だけが知る問題などこの世に存在しないと知っている。自分が夜眠れなくなるような問題は、ほかの百万の人間からも睡眠を奪う。リンク先の動画はその好例だ。作り物の女子高生チアリーダーが、あたりは真っ暗ですという共通認識をごり押ししてくる作り物の森をおぼつかない足取りで走っている。裸足で、着ているのはレースのネグリジェ一枚だ。手や顔になすりつけられた作り物の血糊が滑稽だった。人は何世代にもわたって作り物の死をながめてきた。美しいライティング、クサい演技、気分を高める音楽。おかげさまで、死が現実のものとはいまや誰も信じられなくなっている。

あまりにもたくさんの嘘を喉に詰めこまれると、何を差し出されようともはや誰一人、真実としてのみ下せなくなる。

ほとんど素っ裸のチアリーダーがいばらの茂みや木の枝をかき分けて逃げ、肉切り包丁を持った人影がそのあとを追う。数百万の人々がこのシーンを観賞してきた。茶番だと鼻で笑うのはフォスター一人ではない。フォスターはジャックダニエルのボトルを取って唇をつける。飲んではいるが、酔ってはいない。

この新種の無関心は、ウィスキーのせいではない。これは何かを信じる能力の完全な欠如だ。どこかに、棘に、引っかかったネグリジェを、チアリーダーは死に物狂いで引っ張る。

追っ手がナイフを振り上げる。長い刃が月明かりをとらえる。青白い閃光。

チアリーダーはナイフをかわそうと両手を上げる。息をのむ。

振り下ろされるナイフに、まだ汚れはない。しかしふたたび振り上げられたときには血で汚れている。血で汚れたナイフが振り下ろされ、次に振り上げられたときには血を滴らせている。

満月を背景に、チアリーダーの横顔が天を向く。艶やかな唇が動く。唇の動きが悲鳴と合っていない。稚拙なオーバーダビング。しかし悲鳴が、その稚拙さを相殺する。怯えきった少女の甲高い声が叫ぶ。「助けて！　パパ助けて！　やめて！　助けて！」

その言葉は、濃い煙のように宙を漂う。チアリーダーが無事に逃げたのか、フォスターは見ていない。死んだのだとしても、フォスターにはわからない。
ただの悲鳴だったはずのそれは、ふいにルシンダの声になる。
フォスターは顎を引き、キーボードにゲロをぶちまける。

# 第2章　テープ・ブリード

ラッパの音が聞こえるや民は大声を上げ、ラッパの音が響いて民が大きな声を上げると、石垣は崩れ落ちた。

——ヨシュア記6章20節

ジミーの肌はペンキのようなにおいをさせている。ペンキのにおいにそっくりだから、彼のペニスを握って――スプレー塗料の缶を振るみたいに――上下にしごくと、からから音が鳴るのではないかとつい期待してしまう。そのにおいの原因はきっとケトアシドーシスだ。ジミーの体にはそれくらい脂肪がない。長年の破壊行為が毛穴から染み入って、深夜の落書きみたいな体臭になったのではないかとミッツィは思う。

睡眠薬のロヒプノールが、ジミーの血中でどんな化学物質のスープと反応するか、誰にも予想できない。ミッツィはファイルキャビネットの抽斗を開け、そういう緊急事態に備えてドクター・アダマーからもらっておいたナロキソンの点鼻スプレーを取り出す。一吹きでジミーはたちまち目を覚まし、大きく息を吸いこんだ。

回らぬ舌でジミーが言う。「おれ、もしかしてオーバードーズした?」黄色い瞳が感謝の視線をミッツィに向ける。「命の恩人だ!」

ミッツィは身を乗り出し、RCAタイプ77‐DXリボンマイクの位置を微調整しながら言う。
「恩に着るのはまだ早いと思うよ」

フォスターの足もとで、空っぽの墓穴が大口を開けている。フォスターが立っている地点から、墓石がまるで無数の目撃者のように放射状に並んでいる。どの墓石も、ありえないくらい大きな惑星から切り出され、均一な大きさと形にのみで削られ、紋切り型のメッセージを刻まれた御影石または大理石だ。

墓穴の上には、足場が組まれたままいまも放置されている。穴を埋め戻すための足場か、いつかルシンダの棺を下ろすための足場か、フォスターにはわからない。

葉の縁がぎざぎざになった草が夜に放つにおいは、子供時代を思い出させる。一方で、捨て置かれたままの花束は、生花も造花も香りがない。地面に埋めこまれたスプリンクラーが風のない夜気に広げる灰色のしぶきは幽霊のようだ。

砂利を踏む足音が背後から近づいてきた。砂利敷きの通路を歩く足音。まもなく人影が見えた。青黒い夜空を背景に、黒い輪郭が動いている。ささやき声がした。「フォスター?」男の声だ。目の見えない人が初めての空間を手探りで進むように、ロブが通りすがりの墓石に一つずつ手を置きながら現れた。

フォスターは今回もまた、弁護士ではなく、サポートグループのリーダーであるロブに連絡した。空港の騒ぎから救い出してくれたのはロブではなかったか。ただ、そうはいっても今回は銃の不法所持だ。さすがのロブもそう簡単には揉み消せないだろう。ネット上では、チアリーダーの映画が終わったあと、ポップアップ式の広告が表示された――〈おすすめ動画：娘の葬儀で、悲しみに暮れる父親が銃を振り回す〉。

ネットによると、フォスターは逮捕状から逃げ回っている。一歩ごとに携帯電話が着信音を鳴らして、フォスターはついにバッテリーを抜いた。刑務所行きはなんとしても避けたい。ルシンダの声を聞いたいま、服役している場合ではない。ルシンダの声は、フォスターの想像の産物ではなかった。夢ではない。ルシンダの叫び声が酔いを吹き飛ばした。いまは協力者が必要だ。誰か味方が必要だ。

「ありがとう、来てくれて」フォスターは言った。

ロブは言う。「警察に通報すべきだったな」

フォスターは声をひそめる。「ありえないことが起きたんだ、友よ」

ロブは腕時計を見る。「もうこんな時間だぞ」

娘に用意された墓穴の前で、フォスターは説得を試みる。あれもこれも、決して偶然に起きたことではないと主張する。つい先日あの空港に行き、フォスターなしでデンヴァーに飛んだスーツケースを引き取ったばかりだ。空港のあの女の子は前触れだった。前兆だった。スーツケースだけがよその街に行ってしまったのは、いま、このタイミングで、あれが本当に必要なタイミングで引き取りに行かせるためだ。何もかもが前もって運命づけられているように思える。起きるべくして起きたように思える。

神聖な何かが、ルシンダと再会させるべくフォスターを導いている。いや、もしかしたら、娘の魂が解決と復讐を求めているのかもしれない。何かが、ともかく何かが、この道を指し示している。

ロブが納得していないのがわかる。

フォスターは、小切手を書こうと提案する。銀行口座残高と同額の小切手を書く。受取人をロブにする。ロブに頼みたいのは、小切手を現金化してフォスターに届けることだけだ。現金があれば、ネットで適当な中古車を買える。そこで暮らせる。寝泊まりできる。名義は変更せず、その車が動かなくなるまで真実を探して走り回り、ルシンダの悲鳴がなぜどうやって映画に使われたのか、真実を探し出す。

頼まれてくれるかとフォスターが確かめるより先に、ロブが言う。「断る」この期に及んで教唆幇助罪の前科など迷惑だ。そうでなくても過去があるのに。

フォスターはポケットから銃を抜く。「ちょっと歩こうか」

自分が裸でいることに、ジミーはまだ気づいていなかった。筋肉がからみついたビーフジャーキーみたいな体は、腰高の木の台に手足を広げて縛りつけられている。いつもの聴衆、たくさんのマイクロフォンが周囲を取り巻いている。ほかのマイクは、コードでジミーの顔のすぐ上に吊られている。

録音スタジオの天井のフックに長いピアノ線が結びつけてある。そのピアノ線の先に、引き結びにした小さな輪がぶら下がっていて、ジミーのへこんだ腹に垂れている。ミッツィはその輪をジミーの陰嚢の付け根に回し、きゅっと締める。これにはジミーも気づいた。ミッツィが触れた途端、ペニスが勃起した。

ミキシングコンソールの前に戻り、ミッツィはピノ・グリのワインをグラスに注いでアンビエンを一錠のみ下す。それから訊いた。「犬にも笑い声の効果音があるって知ってた？」

ラテックスの手袋に手を押しこみながら、ミッツィは、動物研究者の発見を話して聞かせる。遊んでいるときの犬は、独特の息遣いをする。そのあえぐような息遣いをソノグラフで分析したところ、特定の周波数に大きな山があるとわかった。激しい遊びや交尾をしているラットの高周波の〝さえずり〟に似ている。

ミッツィは髪をまとめて手術用のキャップに押しこみながら続ける。「ラットのさえずりと犬の息遣いは、どっちも笑い声として機能してるってわけ」その独特の息遣いを録音し、保護シェルターに収容された怯えた犬に聞かせたところ、犬の笑い声の効果音を聞いた犬がしっぽを振った。録音された笑い声を聞いたとたん、犬が人の顔を舐めた。ストレスで意味もなくうろうろ歩き回っていた犬は、それをやめた。怯えていた犬たちは遊び始めた。

ミッツィはスープカンマイクの一つを指先で叩き、そのマイクを接続したメーターの針を確かめた。「あくびや笑い声が伝染するのは」さらに説明を続ける。「所属する集団や部族の気分を調整するのに初期の人類が利用していた手段だから」

ジミーのまぶたが力なく閉じる。夢の世界にふたたび漂っていこうとしている。

「サイコパスの大きな特徴の一つは」ミッツィは説明する。「一緒にいる人たちがあくびをしても、自分はあくびをしないってこと。サイコパスは共感しないから。ミラーニューロンが欠けているから」

手袋に包まれた手で金属の冷たいハンドルを半回転させた。ハンドルの回転に合わせ、歯車が軋みながら動く。旧式で錆びついた装置は、長いあいだ一度も使われていなかった。少なくとも、ミッツィが受け継いで以降は一度も使っていない。ミッツィは力ずくでハンドルを回す。木の台が下がり、天井に結びつけたピアノ線がぴんと張る。

耳栓を耳の穴に押しこみながら、オデュッセウスの神話をぼんやりと思い出す。オデュッセウスは、セイレンの歌が自分以外の誰にも聞こえないよう船の乗組員の耳を蜜蠟でふさいだあと、自分の体を船のマストに縛りつけた。ただの音声に人を破滅へ誘いこむ力があるという典型例だ。ジミーがまばたきをして目を覚まし、困惑の視線をミッツィに向けた。

ミッツィはハンドルをまた半回転させる。台がさらに低くなる。そろそろジミーも状況を察するだろう。

ミッツィが説明を試みるあいだも、木の台はどんどん下がっていく。そのあいだも、ジミーの手首と足首は元の高さで縛られたままだ。全身を一直線に保っていられるかぎり、ピアノ線にぶら下がった小さな輪は締まらず、何の被害も生じない。全身の筋肉をゆるめず、空中で一直線の状態を保っていられるかぎり、陰嚢は生き延びる。

ミッツィはワインのおかわりを注ぎ、速効を求めてアンビエンを二錠いっぺんに嚙み砕く。メーターが動く。ごく小さな音にも反応して、針が跳ねる。最後の仕上げに、ゴーグルを着けた。血しぶきへの備えだ。そして耳栓をした上からノイズキャンセリングのヘッドフォンを装着し、自分だけの無音の世界を完成させた。

できることなら、ロックバンドのグレイトフル・デッドの逸話をジミーに聞かせてやりたかった。グレイトフル・デッドは〝テープ・ブリード〟と呼ばれる現象を発明した。バンド初期のマスターテープは過剰にきつく巻き上げられていたため、磁気テープの一つの層から隣り合った別の層に磁気が転写されてしまったらしい。その結果、不気味なエコーが繰り返されることになった。意図せぬ多重録音。聞こえるはずのないところで重なるかすかな音の層。不測の事態とはそういうもので、当初は大失敗と思われた。ところがそれからまもなく、音楽業界の全員がこの揺らめくような効果を意図して自作で再現しようと試みるようになった。

ミッツィはフェルトペンのキャップをはずし、DATカートリッジに書きこむ――〈リヴァーサイドの小悪党、突然かつ外傷性の去勢〉。

とりあえず頭がくらくらしている。ワインやら何やらのせいだ。ジミー？　ティミーだっけ？　ミッツィは記憶をひっくり返す。このペンキのにおいの男、台に縛りつけられている男はいったい誰だった？　どうやって知り合ったんだっけ？

この調子なら、自分がハンドルを回して台を低くし、このどこの誰とも知れぬ誰かを筋肉の力のみで宙に浮かせたまま放置したことなど、きれいさっぱり忘れてしまえるだろう。コンソールに目を注いだまま、ミッツィはハンドルを回し、さらに回す。音はいっさい聞こえない。ハンドルをもう何度回したかも忘れた。

こんな状況でも、頭痛は治まり始めている。ＶＵメーターの針がぴくりと跳ね上がるたび、ミッツィの頭骨の内側の痛みは弱まっていく。

全部のメーターの針が赤のゾーンに入ったとき、ミッツィの腕に痛みが走る。肘のすぐ下をハチに刺されたような痛み。白衣の袖に早くも血の染みが広がり始めている。袖をまくると、皮膚に何かが刺さっていた。緑色のかけら。緑色の石の鏃《やじり》みたいに尖った小さな物体。つまんで抜き取り、ワインのお代わりを注ごうと振り返った。

ボトルは消えていた。グラスも。ワイングラスは、さっきミッツィが置いたコンソールの上に、円形のベースと細いステムだけが残っている。ボトルは、緑色の分厚い底とぎざぎざになった本体の一部だけが残っていた。腕に刺さった緑色の鏃は、ボトルの破片だ。ボトルは破裂していた。ボトルとグラスの両方が破裂していた。

「一つ物語をしようか、友よ」フォスターは言った。墓石の列のあいだを歩けと手で合図する。フォスターは、曲がる箇所にくるたびに銃口をくいと振った。無言のまま、二人は白い墓石の前に来た。薄暗がりのなかでぼんやりと光を放っている白い墓石。ここ、乳幼児と子供だけが葬られたこの一角では、区画によっては玩具が山をなしている。ある区画では、グリーティングカードや花が山と積まれていて、墓石に刻まれた名前を覆い隠している。二人はその墓石の前で足を止めた。

闇が震えている。コオロギやアマガエルの声が、ネズミが走り回る小さな音が、闇を震わせている。陽光にさらされるにははかなすぎるものたちの音。はかないものたちを餌食にするフクロウやヘビの沈黙。

「きみは四半期決算の心配で頭がいっぱいだった」フォスターは言った。青白く光る墓石にじっと目を注ぐ。「昼休みを返上して仕事を続けた。どうも残業になりそうだと観念し、奥さんのマイに電話して、保育園に預けた息子の迎えを頼んだ」

この物語を、フォスターはすっかり暗記している。ロブがサポートグループの集まりで語るのを何度も聞いていた。「その日の気温は三十八度近くまで上昇した」フォスターは続ける。「まもなく保育園からマイが電話をかけてきて、トレヴァーは来ていないようだと言った」施設の職員は、その日、ロブは息子を預けに来なかったと言った。ロブは、いやいや預けたよと言い張った。何かを隠蔽しようとしているに違いないと職員を責めた。電話越しに、警察に連絡しろとマイを怒鳴りつけた。電話越しに、マイがロブの疑念を職員に伝えているのが聞こえた。職員は一様に、その朝、ロブは来ていないと繰り返した。

電話越しに、マイはロブに尋ねた。バックシートからトレヴァーを降ろしたのか。車のウィンドウにはフィルムが貼ってある。車のそばを通った人がいたとしても、車内の様子はわからない。マイはひどく冷静な声で言った。あなた、車を確認してちょうだい。

ロブはしゃがんで小さな墓石に手を伸ばし、きらきら輝くプラスチックの花輪がひっくり返っていたのを拾って置き直す。

「きみはデスクに広げた帳簿書類を呆然と見つめた」フォスターは続けた。「自分が何をしでかしたか、気づいたんだ」その日、外気温が三十八度まで上がったのなら、屋根のないコンクリート敷きのだだっ広い駐車場に、たくさんの車にまじってロックされて駐められていた車のなかは、それよりずっと暑くなっていただろう。

赤ん坊のトレヴァーは、きっと目を覚ましたに違いない。チャイルドシートにくくりつけられたまま、独りぼっちだったに違いない。我が子がどれほど苦しんだのか、ロブが知ることは永遠にない。

その日、マイは彼のもとを去った。初めはヒステリックに泣き叫び、その後は鎮静剤を投与されて一言もしゃべらなくなった。警察は、もちろん警察はやってきて、無謀な危険行為と過失致死傷罪の容疑でロブを逮捕した。四半期決算は、ロブの心配事リストからほどなく消えた。理由の一つは、長期欠勤を理由に解雇されたからだ。それと、ロブが自分の車に走っていく姿を会社の全員が見ていたからだ。同僚はまずロブを見、のちに救急隊を見た。すでにぐったりした小さな体を救わんとむなしい努力をする救急隊を。フォスターは訊いた。「覚えているだろう?」

墓石の上の玩具は、マイの親族が供えたものだ。ここに埋葬されているのが誰か、クマのぬいぐるみやバスケットボールをどけてみるまでもなくフォスターは知っている。この物語をしたのはロブを苦しめるためではなかった。ロブが、フォスター自身が、人間であることを思い出させるためだ。二人はどちらも人間だ。人間は、ときに取り返しのつかないヘマをしでかす。

「たしかにひどい悪夢だ」フォスターは言った。「だが、少なくともきみは何が起きたのか知っている」何が起きたのか、ロブは隅から隅まで知っている。サポートグループでそれを繰り返し語って心の傷を癒やせる。心の痛みを軽くできる。フォスターにそれは望めない。

物語。墓。それならロブの共感を得られる。

フォスターは続ける。「友よ」銃をポケットにしまい、小切手を取り出す。フォスターの全財産。あらかじめ記入してポケットにしまっておいた小切手、それをロブに差し出す。

ロブは受け取った。

ミッツィはファイルキャビネットの列のあいだを歩き回る。抽斗を指でなぞる。どの抽斗も、少なくとも一世代前に録音されたテープでぎっしりだ。埃を分厚くかぶったスチールのキャビネット。コンクリート床にも埃が積もっていて、ミッツィの足音を吸収した。

片腕に、蓋のない靴箱を抱えている。同じ側の手に、ワイングラスを危なっかしく持っている。ワインで頭がぼんやりしているが、探し物に余念がない。もう一方の手で錆びついた抽斗や朽ちかけた段ボール箱の底を探る。〈カウガール、圧死、暴走するバイソンの群れ〉を吟味する。そんなシナリオ、どうやってお膳立てしたのだろう。〈サーファー、生皮を剝がれる、チスイコウモリの群れ〉。そんなのあり？　どちらもミッツィの時代より前の録音だ。

靴箱がいっぱいになるか、ワイングラスが空になるかするといったん録音スタジオに戻り、精選した録音を再生する。

会社のアーカイブ倉庫は、ためこみ屋のためこみ部屋の様相で、粘着テープで補修された箱が詰めこまれている。上の箱の重量に耐えかねた下の箱がつぶれ、リールからほどけた磁気テープがはみ出している。火事になったら逃げ場がない。燃えやすいシェラック盤。干からびた蠟。ここに、向こうに、硝酸銀を塗布された未編集の映画フィルムがべろりと伸びている。ミッツィの先代の先代の先代の先代の手でダビングされ、即座に忘れ去られたフィルム。劣化したセルロイドの、引き潮の海の魚くさいにおい。

マッチ一本で、火花一つで、このお宝倉庫は飛行船ヒンデンブルク号のごとく紅蓮《ぐれん》の炎に包まれるだろう。

ハイジャックされ、あとは墜落するだけの旅客機に乗り合わせた人々の最後の留守電のメッセージをミッツィは思い出す。火を噴く世界貿易センターの高層階に取り残されて行き場を失った人々が残した留守電のメッセージも。ネット上にはそういったメッセージがあふれている。「さよなら」「愛している」と留守電に吹きこむ声は、おそろしく冷静だ。大多数はその直後に飛び下りた二百を超える死者のうちなのに。

ミッツィの心を動かすのは、そういったメッセージを受け取った人々がその録音テープを大切に保存し、コピーし、それをまたコピーして、彼らの最後の言葉が決して失われることがないように守っている事実だ。

それは人類の古い衝動だ。保存し、管理すること。死を出し抜くこと。

アンビエンは、ミッツィの短期記憶をみごとなまでに穴だらけにしてくれる。問題は長期記憶だ。

十一歳の子供だったころはどうだった？　十二歳のときは？　眠れない夜、父親はくたびれた毛布を集めてきて録音スタジオの真ん中に巣を作った。その巣でミッツィは体を丸め、父親は照明を落とした。音も光も消えれば、外の世界もまるごと消えた。外の世界を消去したうえで父親は、ミッツィを中心に新たな世界を築いた。ミキシングコンソールで、風の音を作った。そこに暖炉ではぜる薪が加わった。アンティーク時計が時を刻む音が聞こえた。枠がゆるんだ鉛ガラスの窓がかたかた鳴る音も。城を築き、そのてっぺんの塔にミッツィを運んだ。そのすべてを音だけでやってのけた。刺繍入りのベルベットのカーテンに守られた天蓋つきの豪華なベッドで、ミッツィは眠りに落ちた。十二歳の記憶はそれだ。

フォスターはびくりとして目を覚ました。眠りの邪魔をしたのは、犬の吠える声、あるいは犬の吠える声に似た音だ。いつのまにか車の運転席で前かがみになって眠りこんでいた。車は芝生の庭の前に駐まっている。まるまる太った男が野球帽をかぶった男の子にボールを投げ、男の子が投げ返す。犬の吠える声ではなかった。さっきの音は、男の子の革のキャッチャーミットにボールがぴしりと収まる音だった。

車は鼻先を縁石になかば乗り上げている。アパートの敷地内の芝生に沿って並んだななめの駐車スペースの一つだ。左右のスペースは空っぽだ。

前かがみになっているフォスターからは男と子供が見えるが、向こうからこちらはおそらく見えていない。車はコミュニティサイトのクレイグスリストで買った。おんぼろのダッジ・ダート、千五百ドル。粘着テープで補修されたシート、走行距離は三十万キロ超え。ラジオはAMのみ。オイルパンからオイルが漏れている。ファストフード店の制服姿の揚げ物専門コックが譲渡証明書にサインした。コックの昼休みにこの駐車場で取引した。ナンバーの期限は残り十カ月。ベンチシートは広々としていて、浮浪罪で逮捕されずにすむかぎり、これで寝る場所は確保できた。

あんたを信用するよ、ちゃんと名義を変更してくれよな、とコックは言った。あいにくその見込みはゼロに等しい。

車のウィンドウにはフィルムが貼ってあるが、貼り方がいかにも雑だ。あちこちに気泡や皺が残っている。まるで水中にいるみたいだ。それでも、おせっかいな視線をさえぎる役には立ちそうだ。

インターネット・ムービー・データベースによれば、ルシンダの悲鳴が吹き替えに使われた映画は『血みどろベビーシッター』だ。意外にも、主演女優はちょっとした伝説の人物だ。その女優、ブラッシュ・ジェントリーは、ある時期のホラー映画に主役の相棒役《サイドキック》として数多く出演した。ちょっとおバカなセクシー美女がお決まりの役回りで、軽口を叩き、シリアルキラーなんかいるわけないでしょと言い続けた末に自分が殺される。かわいらしい唇から血をあふれさせながら死ぬのが定番だ。

ミズ・ジェントリーの出演作の大半は話題にならないまま忘れ去られたが、この一本はいまも人気が高いようだ。

この映画が製作された十七年前、ミズ・ジェントリーは二十四歳だった。とすると、いまは四十一歳になっている。フォスターより何歳か若いが、同年代といえばいえないこともない。最近のブラッシュ・ジェントリーは、イベント巡業で生計を立てている。コミコンやウィザード・ワールドやドラゴン・コンにブースを出し、サインやファンとの写真撮影で荒稼ぎしている。ソーシャルメディアでもそれなりの数のフォロワーを誇っていた。

男と子供はまだキャッチボールを続けている。

直感が働いて、フォスターは携帯電話の電源を入れた。長時間オンにしておかないよう用心していた。基地局に位置情報をとらえられた瞬間、SWAT隊に取り囲まれかねない。フォスターは、念のために自作の写真データベースをスクロールして確認した。

やはりあの父親がそうだ。間違いない。キャッチボールをしている男は、オットー・フォン・ガイスラー、ベルギーの児童売春組織の悪名高きボスだ。極悪非道な男の耳の形をとらえた国際《イン》刑事警察機構《ターポール》の低解像度の写真がその証拠だ。

フォスターはシートベルトをはずし、どれほどのリスクがあるか見きわめようとした。ショルダーホルスターから銃を抜く。赤煉瓦造りの大きなアパート群と小さな芝生の庭が全方位に広がっていた。

プランはこうだ。まずは子供を確保。子供の安全を確保しておいて、子供を食い物にする犯罪者の頭を銃でがつんとやる。

そのとき、クラクションが鳴った。無線機の雑音とタイヤが路面を踏む音が近づいてきて、フォスターの車の助手席側の空きスペースに別の車がすべりこむ。パトロールカーだ。縁石に鼻をすりよせるようにして駐まる。

フォスターが伏せている位置からは、ルーフの回転灯の台の部分しか見えないが、運転席側のドアが開く気配は伝わってきた。身を低くしたまま、自分の車のフロントシート越しに盗み見ると、制服警官が降りてきてキャッチボールの二人のほうに歩き出した。

声が聞こえた。「こんにちは」子供ではなく、男の声だ。フォン・ガイスラーの声。

制服警官はフォン・ガイスラーのほうに携帯電話を見せる。「すみませんね、お邪魔しちゃって」そう言って携帯の画面に顎をしゃくり、それを見るよう暗黙のうちに伝えた。「この写真の男を見かけませんでしたか」

フォン・ガイスラーは携帯を受け取ってまじまじと見た。子供はおとなたちに近づいて首を伸ばし、画面をのぞきこむ。フォン・ガイスラーは肘で子供を押しのけて言った。「いかにもワルそうな面《つら》ですね」制服警官に向かって言う。「何をしでかしたんです？」

制服警官が答える。「武器を用いての致傷未遂容疑」気遣うような視線を一瞬だけ子供に向けたあと、続けた。「違法にアップロードされたものと知りながら画像をダウンロードした容疑」

フォスターは履歴をばっちり消したつもりでいたが、会社のパソコンを調べた人物のほうがよほど上手《うわて》だったようだ。

ドクターは言った。「おめでとう」ドクターはステンレスのシンクの底をのぞきこんでいる。底に散らばった今日の灰をじっと観察している。

妊娠の不安がミッツィにめまいを起こさせる。それさえなければ心身ともに健康だ。二日酔いは消えていた。ドクターはそれを祝福してくれているのでありますように。

子供はほしくないが、それ以上に避けたいのは、家業の全容を子供に伝えなければならない日だ。


小学校のころ、ミッツィ、幼いミッツィ、家に母親がおらず父親と暮らしている情緒不安定な一人っ子のミッツィは、まるで壊れたレコードだった。うちのパパは映画を作ってるんだから。うちのパパはあのアニメの声を作ったんだから。人魚がしっぽと交換で二本の脚をもらうところ、あの悲鳴を作ったんだから。子供は子供らしく、クラスメートはその父親に会いたがった。父親も娘の友達をもてなした。遊びに来た少女たちを録音スタジオに、コンクリートのうさぎ穴のような入り組んだ建物の奥にある録音スタジオに招き入れた。さあみんな目をつむってと言い、音響効果を聞かせた。子供たちは「雨だ！」と叫ぶ。すると父親は、雨音の正体は木の箱に入ったボールベアリングだよと言って箱をかたむけてみせる。「雷だ！」雷鳴の正体は、空中で波打たせたアルミの薄板だ。

悲鳴はどうやって作るのと訊かれると、父親は嘘をついた。悲鳴専門の俳優がいるんだよと言った。それから、一人ずつマイクの前に立たせて悲鳴を録音した。再生された自分たちの悲鳴を聞いて、みな笑った。いくらなんでも作り物くさかった。ミッツィも一緒になって笑った。そのころはまだ、真実を知らなかった。

友達が気軽に遊びに来ていたことを思い出すと、身震いが出る。悲鳴、そのあとの笑い声。緊張と解放。百人に一人の割合で、スタジオが漂白剤くさいのはどうしてと質問する子がいた。ミッツィはただ肩をすくめた。ミッツィにしてみれば、それがそのまま父親のにおいだった。父親はいつも漂白剤のにおいをさせていた。とくに手や指はそうだった。ミッツィの鼻は慣れきっていて、もはやそのにおいを感知しなかった。

ぱちん。ドクターが指を鳴らした。それが場面転換の合図になって、ミッツィは一瞬で現在に引き戻された。煙が充満した診察室、シンクの底に散らばった、どろどろの焼け焦げ。

ドクター・アダマーは灰を観察する。片方の眉を生え際すれすれまで持ち上げて訊く。「ジェームズ・フェントン・ワシントン。この名前に聞き覚えはあるかね」

ドクターが火をつけてシンクに落としたのは、脂じみたバンダナだ。ミッツィのベッドも同じにおいがしたが、スプレー塗料を思わせるプラスチックに似たにおいをそれ以上にぷんぷんさせている赤い布。なぜなのかわからないまま、今日ドクターに渡すべき品物はそれだという気がした。

布は瞬時に燃え上がった。シンクの底で、炎は布の表面を這い、青い炎が全体を覆った。布は、苦痛に悶える生き物のようにねじれた。黒く焦げた薄片が、ヘビの黒い皮膚のように剝がれた。脱皮したヘビの鱗のように。大きな薄片は砕けて細片になった。細片はさらに砕けて粉のようになり、苦い煙の最後の渦とともに消えた。

ドクターは蛇口に手をかける。蛇口の一方をひねった。水がお湯になってシンクから湯気が立ち上る。ドクターは蛇口の下で手を広げ、お湯の流れを誘導した。灰が排水口に吸いこまれた。

ドクターはポンプボトルから液体石鹸を取って手を洗った。壁のディスペンサーからペーパータオルを引き出す。清潔な乾いた手でカウンターの上のタブレットを操作し、何かタイプした。画面を見たまま言う。「ジェームズが言うには、きみはまだ危険を脱していない」

ミッツィは黙っている。どうしても、何があっても、答えを聞きたくないからだ。

それにはかまわず、ドクターが訊く。「最後の生理はいつだった？」


ダフ屋に祝福あれ。ここ、コンベンション・センター前の歩道でも、若い男が列をなしてストラップをぷらぷらさせていた。どのストラップの先にもラミネート加工された入場券がぶら下がっている。現金で三百ドル、それでフォスターは首から提げる入場券を手に入れ、そのおかげで、その入場券のおかげで入口からなかに入れた。

しかし入口のすぐ内側で、新たな窮地が待ちかまえていた。

混雑する場内に二歩踏み入れたところで、制服姿の警備員が入場者を足止めしていた。女の警備員は、エルフや海賊に両手をまっすぐ横に広げてくださいと指示し、ワンドで全身を点検している。魔法使いの杖《ワンド》ではない。どこにでもある金属を探知する棒《ワンド》だ。世界中の空港の保安検査場で使われているような。フォスターは銃を所持している。ブーツのゆるい履き口に押しこんである。いま入ってきたばかりの扉から退散しようとしたが、警備員がすでにフォスターを手招きしていた。

「腕を横に上げてください」警備員は退屈そうに言う。人魚やロボットをコスプレの上から触って検査する楽しみはとうに薄れているらしい。

まあ、もともと無理無体な仕事だ。光線銃や三日月刀にクロスボウ、ピッチフォーク、らっぱ銃、マスケット銃、フェンシング刀、短剣、スパイクメイスを携えた騎士、斧を振るうバイキング、杭と木槌の退治キットで武装したヴァンパイア・キラー、ブロードソードを持ったローマ兵、手榴弾に両手持ち大刀、金棒、マチェーテ、槍に矛、三叉槍、牛追い鞭、銛にトマホークの洪水が容赦なく会場に流れこんでくるのだから。

これは見つかるとフォスターは観念した。見つかって、警察に突き出される。警備員のワンドがフォスターの脚の内側を舐める。ワンドが頼りない警報を鳴らした。

「すみません」警備員が言った。「ブーツを脱いでいただけますか」警備員は一歩下がる。

フォスターは片足で立ってブーツを脱いだ。何かが落ちてコンクリートの床でがらんと音を立てた。拳銃だ。

警備員はワンドをベルトに戻し、ホルスターの自分の拳銃に手をかける。「両手を頭の上に置いてください」警備員は言い、しゃがんで銃を拾う。玩具と勘違いしようのない代物だ。ところが警備員はクリップをのぞいて弾丸の有無を確かめない。立ち上がって一歩下がり、険しい声で言った。「片方の手だけを使って、その頭巾を脱いでください」警備員はホルスターのボタンをはずす。

大勢がフォスターを追い越していったが、誰もこちらを気にしていない。ゆっくりと、急な動きをしないよう用心しながら、フォスターは死刑執行人の頭巾のてっぺんをつかんで脱いだ。

警備員はフォスターの顔をまじまじと見つめた。スラックスの後ろポケットから携帯電話を取り出し、フォスターの顔の横に並べた。フォスターの顔と画面に表示されている何かとのあいだを、視線がせわしなく行き来する。「けっこうです」警備員は言い、拳銃を差し出した。「コンベンションをお楽しみください」

フォスターは驚き、銃を受け取ってから礼を言おうとしたが、警備員はすでにフォスターの肩越しに次の来場者に目を向けていた。「はい、次の方!」


愚かさは悪いものではない。今日は愚かさこそがミッツィの気分にマッチしている。うめき声と鉄がぶつかり合う音の世界、故障するまで同じ動作が考えもなく繰り返されるこの世界。ウェイトトレーニング室の入口をくぐった瞬間、ミッツィはこの世界が気に入った。持ち上げ、下ろす。それが無意味に繰り返される。重力に対抗するという見込みのない努力ほど、人生を簡潔に要約するものはない。うめき声や叫び声は、言葉では決して伝えられない何かを伝えている。

ここで、この組立ラインで、人は自分自身を生産する。ここに並んだウェイトベンチやカーフマシンで。滑車や懸垂バーが並んだ、がちゃん、がちゃんとやかましいこの空間は、自動車王ヘンリー・フォードが、あるいは映画プロデューサーのルイス・B・メイヤーが、いかにも考案しそうなものだ。神と女神を大量生産するコンベアベルト。人が労働者であると同時に製品でもあるような。ここで人は金を払って汗をかく。新たな自分、夢のバージョンの自分になるために、ダンベルで上腕二頭筋を鍛え、チューブやマシンで大腿四頭筋を鍛える。一コマ一コマを積み上げて映画を作るにせよ、ボディを作《ビルド》るにせよ、世の中が見るのは、見たがるのは、結果だけだ。その陰にある努力は正視に耐えない。

ミッツィは受付デスクでクリップボードを受け取る。よくある保険の免責同意書だ。〈現在、妊娠していますか〉という項目があって、ミッツィは〈いいえ〉にチェックを入れる。

そのとき悲鳴が、喉から絞り出すような女の悲鳴が聞こえて、ミッツィはぎくりとする。太い脚をした怪物級の大男がスクワットの合間に休憩していた。悲鳴は、その男が横長に持った携帯電話から聞こえていた。男の目は画面に釘づけだ。

ふたたび同じ悲鳴が響き渡る。女の声。涙まじりのかすれた悲鳴。男が携帯で再生している映画の音響。その悲鳴は、うめき声や鉄がぶつかり合う音をかき消す。同じ女が慈悲を求め、懇願する。「お願い、やめて！　だめよ！　だって私はあなたの妻なのよ！」

その悲鳴はミッツィを総毛立たせ、冷たい指のように背筋をなぞった。この悲鳴なら知っている。何年も前に公開された安っぽいハロウィーン映画で使われた悲鳴だ。劇場が十三日の金曜日の深夜に上映したくてわざわざフィルムを賃借りしたような、チープなスラッシャー映画。タイトルは、『魔術師の血の宴』。悲鳴の正式なタイトル、ミッツィが偶然見つけたテープに父親の筆跡で書きこまれていたタイトルは、〈不実な女、迅速な処刑、錆びたアイスピック〉。そのテープを、ミッツィは数えきれないくらい繰り返し聞いていた。

その悲鳴は、ミッツィには貴重なものだ。それは、母親の悲鳴だった。

ゲイツ・フォスターは、魔女や宇宙人のコスプレをした来場者の流れに身をゆだねた。人波に流されるまま、コンベンション・ホールを奥へと進む。テレビ番組やコミック出版社のブースが並んでいた。天井の梁から巨大なバナーが垂れ、夏休み公開の大作映画やまもなく発売のビデオゲームを派手派手しく宣伝している。どちらを向いても、人だかりしか見えない。

この通路の迷路のどこか、玩具を売るブースやイラストを描いてサインをするアーティストのテーブルの列が果てしなく並んだどこかに、ブラッシュ・ジェントリーがいる。コミコンのプログラムによると、ブラッシュはサイン会を開いているはずだ——有料で。プログラムによると、ブラッシュはホールKにいる。ホールKがどこなのか、フォスターには見当もつかない。

店で衣装を選ぶあいだ、自分がばかみたいに思えた。頭巾、スパンデックス素材のレオタードにタイツ、ブーツに胸当てに滑稽なケープ。手袋も。コミコンに行く人々に根こそぎ買われたあとで、店の陳列棚はほとんど空っぽだったから、種々雑多なアイテムをうまく組み合わせるしかなかった。スパンデックス素材はたるみ、あるいはあらぬ部位でひだを作り、下着の線や縁取りがくっきりと見えている。死刑執行人の頭巾にくり貫かれた穴は、目の位置と一致しているときのほうが珍しく、おかげでフォスターは銀河帝国軍のストームトルーパーや中つ国のホビットにしじゅうつまずいた。それでも、ここでは自分をばかみたいに思わずにすむ。コスプレしていれば溶けこめる。

銃がブーツの奥へと沈んでいく。一歩踏み出すごとに、その硬さが足首に食いこんだ。頭巾は息苦しく、汗で頭皮がちくちくする。プログラムの最後のページに印刷された見取り図によれば、ホールKは右手にあるはずだ。ひょこひょこ歩くロボットやよろめくゾンビのあいだを縫い、フォスターはその方角に斜めに進んだ。

そのあいだも絶えずブラッシュ・ジェントリーを、ブラッシュのトレードマークの金色の巻き毛を目で探す。フォスターはブラッシュが生きたままネズミの群れに食われるのをネットの海賊版で見た。若い女が鉄道の線路に縛りつけられ、あるいは丸太にくくりつけられて製材工場の巨大な鋸にかけられていた映画の黎明期から、ハリウッドは若く美しい女をばらばらにする新たな方法を発明し続けてきた。

ブラッシュより先に、ブラッシュのブースに続く行列が見えた。ずっとずっと手前から見えた。その行列は、ブラッシュが光沢仕上げの写真にサインをし、ファンとおしゃべりをしている折りたたみテーブルを始点としてうねうねと伸び、ホールHまで、三つ手前のホールまで続いていた。整理券をもらって列に並ぶだけで五十ドルも取られた。整理券をもらったあと三歩と歩かないうちに、何人ものファンが金を払ってフォスターの後ろに並んだ。

小児性愛者の目で見れば、ここは獲物がよりどりみどりだ。大好きなアニメのヒーローを見つけて親の手を離し、目を輝かせてそちらに近づいていく子供が何万といる。各ホールからいきなり外の世界に出られる出口がそこらじゅうにある。テディベアの着ぐるみの変態が、獲物の小さな手を取って、まるで神隠しのように誰にも気づかれずに連れ去れる。

フォスターは目の穴の位置を直し、携帯電話を見る。無数のスクリーンショットをスクロールしては、周囲の人々と見比べる。さほど離れていないところで、宇宙飛行士がヘルメットを脱ぎ、脇に抱えた。その男の薄い髪は汗で額に張りつき、頬のこけた顔は熱気で紅潮していた。その中年男は周囲から浮いているだけでなく、見覚えのある顔をしていた。

フォスターは携帯をさりげなく持ち上げ、すぐそこの中年男の顔の高さに合わせると、古い画像を手早くスクロールした。鼻、顎、首。モザイクがかかっていない部分が複数の画像と一致した。それが答えだ。

フォスターのケープを何かがぐいと引いた。声が聞こえた。「ねえ」振り返ると、サンダル履きにニキビ面の剣闘士《グラディエーター》がいた。グラディエーターが訊く。「あんた誰?」

作り物の三つ編みを巻き上げた上に王冠を載せたプリンセスが訊く。「そのコスプレ、何?」

宇宙飛行士/小児性愛者は、てんとう虫のコスプレをした幼女に話しかけている。危険な領域まで打ち解けている。

フォスターはグラディエーターに答えた。「とくに誰でもないよ」少なくとも宇宙飛行士の鼻は完璧に一致している。仮にあの女の子を救うために列を離れれば、ブラッシュ・ジェントリーと会えずじまいになるだろう。しかしいまこの瞬間にも変態中年男はちっちゃなてんとう虫を誘い、そのへんの出口から忘却のかなたへと連れ去りかねない。

列のすぐ前に並んでいたサムライとニンジャの一団が振り返り、フォスターをじろじろ見た。一人が一歩前に出た。残りの全員がそれに続いた。誰もが携帯をいじっているが、そろそろ退屈して新しい刺激を求めていた。

フォスターはその一団の注意を宇宙飛行士に向けた。「あの男。見えるか？」そう訊いた。「毎年、八十万の子供が行方不明になっている。八十万というのは全米行方不明・被搾取児童センターが出している数字でね……」現代のフェイギンにでもなった気分だ。子供をそそのかして悪事をさせる男。

ニンジャたちは覆面をした追い剝ぎの一団を肘でつついた。さらにスコットランドのハイランダー連隊も振り返り、てんとう虫を誘惑中の宇宙飛行士を見る。フォスターは続けた。「一日当たり二千人を超える計算になる。アメリカでは、四十秒に一人、子供が誘拐されている」ここで間を置いて、挙げた数字がみなの意識に染み通るのを待つ。「あいつはエミリー・エマーソンだ」携帯の画面をプリンセスに向ける。そこに表示された画像が見える距離にいる連中にも見せる。

近くで聞き耳を立てていた古代ローマ百人隊やゾンビたちは、もはや退屈顔をしていない。プリンセスが宇宙飛行士にじっと目を注いだまま「どうする？」と訊く。「放っとけないよ！」

フォスターは頭巾の下で肩をすくめる。「あいつが行動を起こすまで、私には手出しができない」

ゾンビの一人が訊いた。「おじさん、刑事なの？」

フォスターはさっとしゃがみ、ブーツに手を入れて銃を引っ張り出す。一瞬だけ見せたあと、また押しこんだ。銃がこすれた足首がひりひりしている。その場の全員が銃を見たが、同時にフォスターの手の歯形も見つめた。

ニキビ面のグラディエーターが、ベルトからプラスチックのブロードソードを抜く。「あんたには手が出せなくても、俺ならできる」プリンセスのほうを向いて言う。「俺の場所、キープしといてくれよな」

プリンセスは爪先立ちでグラディエーターのおでこにキスをした。

宇宙飛行士に突進するグラディエーターのあとを追って、サムライも列を離れた。エルフの盗賊も戦闘に加わった。マスケット銃兵や食屍鬼《グール》に取り囲まれ、にじり寄られた宇宙飛行士が悲鳴を上げた。恐怖と困惑の声。プラスチックの棍棒やヌンチャクがぶつかる音がぱこん、ぱこんと響いて、それまで気づかずにいた者たちも振り返った。退屈しきっていた人々が騒ぎを動画に収めようと、次々に列を離れた。

周囲がそちらに気を取られているのをいいことに、フォスターは人を追い越して待ち行列の前へ前へと進んだ。てんとう虫が怯えた叫び声を上げ、気泡ゴムの手裏剣が雨あられと変態宇宙飛行士に降り注ぐ。その隙に、フォスターはホールIからJを通り抜けた。ホールKに入ると、目当ての人物がいた。ほんのつかの間、存在を忘れられて一人ぽつんと座っている。付き人は警備員を呼びに行っているらしい。ブラッシュは、フォスターが想像していたより老けていた。フォスターと同い年くらいに見える。ヘビースモーカーらしく、口のまわりに唇をすぼめた形の皺が刻まれていた。髪は地毛ではありえない明るい色をしている。フェルトペンを手にテーブルについていた。光沢仕上げの写真が肘のあたりに積み上げてあった。

ブラッシュ・ジェントリーは顔を上げて甘い笑みを浮かべた。「整理券はお持ち?」

フォスターはスパンデックス素材のレオタードの袖口を探り、汗が染みて黒ずんだ整理券を差し出す。そして尋ねた。「どこかで話せませんか。二人きりで」

ブラッシュは写真にサインをしてフォスターに差し出した。「来てくださってありがとう」

人が列に戻り始めている。アシスタントだか付き人だかはまもなく戻ってくるだろう。焦ったフォスターは軽く前かがみになってブーツに手を入れた。銃を抜くのは今日三度目だ。

鏡に映った自分が見えた。ウェイトトレーニング室の壁は床から天井まで鏡張りで、誰もがそこに映らずにはすまない。ゆったりしたスウェットシャツを着ていても、ミッツィのおなかは妊娠初期らしくわずかにふくらんでいるのがわかる。脳裏には、血まみれのぼやけた記憶や夢の断片が消え残っている。過去数カ月に生理が来たかどうか、自分でも自信がない。一つ、おぼろながらも際立っているイメージがある。あそこから血が流れ出しているイメージだ。もしかしたら誰かのあそこかもしれない。生理痛はなく、気泡ゴムの耳栓を耳に押しこんだ覚えがあるが、それでは整合性がとれない。最後の生理前に耳栓をして祈りを捧げた。祈りの文句はこうだった――「スクランブルエッグ……ベーコン……オレンジジュース……」ぼんやりした夢から浮かび上がってくる無意味なことの羅列。

ジムバッグのなかでチャイムが鳴った。ミッツィの携帯の音だ。プロデューサーの一人、シュローからの着信だった。音響の仕事の依頼でありますようにと祈りたかったが、口をついて出た祈りの文句はこうだった――「ポーチドエッグ……リンクソーセージ……」

「ミッツ、マイ・ベイビー・ガール」シュローは言った。「おまえさんの最新の悲鳴のオリジナル音源をぜひとも借りたいんだがね」〈突然かつ外傷性の去勢〉のことか。

ミッツィは周囲でやかましいウェイトのからん、がらんという音が電話越しに聞こえないよう、手を丸めて送話口を囲った。「それ、あたしのポリシーに反するってわかってるよね」ミッツィはシュローに言う。悲鳴のオリジナル音源は決して他人に渡さない。それがミッツィのポリシーだ。だいいち、問題のオリジナル音源も、ほかのあらゆる悲鳴と同じく、スタジオのアーカイブに埋もれてどこにあるのかもうわからなくなっている。近くのベンチから、車のタイヤみたいな鉄のプレートをつけたバーベルを持ち上げようとした男の大きなうなり声が聞こえた。そいつの荒い息遣いやうめき声と鋳鉄のぶつかり合う音とはやかましさでいい勝負だ。

「何だって？」電話の向こうからシュローがわめく。「工場にでもいるのか。全米自動車労働組合の組合員にでもなったか」

記憶の一つが浮かび上がってきて、祈りのような言葉が耳の奥に聞こえた。「パンケーキ……オートミール……トースト」ダイナーでウェイトレスがメニューを読み上げているような祈りの声。

電話が言う。「先だってもらった悲鳴は不具合があるようでね」ジミーの悲鳴。

ミッツィは訊く。「不具合って、どうしてわかるの？」

「いまからリンクを送る。それでわかる」シュローは言った。「一般向け試写は明日に迫っている――なのにこれだ」

チャイムが鳴って、新しいメッセージが届く。ミッツィは画面をスワイプした。リンクがあった。それをクリックすると、AP通信配信のニュース記事が表示された。見出しはこうだ。「デトロイトで映画鑑賞中に百名超が死亡」

さすがと言うしかない。ブラッシュ・ジェントリーはベテラン俳優だ。フォスターが拳銃をちら見せした瞬間、ブラッシュは人だかりに向かって言った。「ちょっと休憩。みなさん、少しだけ待っててね」付き人がちょうど戻ってきて手を貸そうとしたが、ブラッシュは言った。「五分で戻るから」二本指を口もとにやって煙草を吸う真似をする。

並んで順番を待つファンの数は増える一方、行列が長く伸びる一方で、このフロアを出る道筋がフォスターにはわからない。

「携帯、貸して」ブラッシュは言い、何も書かれていないドアのほうに顎をしゃくった。携帯を受け取り、フォスターがついてこないわけがないと確信しているような足取りで歩きだす。歩きながら、小さな画面に文字を打ちこんでいる。ドアの先は従業員専用通路だった。コンクリートブロックの壁、蛍光灯。通路に出たところで死刑執行人の頭巾の裾を引っ張った。「これ、貸して」

フォスターは頭巾を脱いだ。汗を吸って重たいのが恥ずかしい。

ブラッシュは二本指で頭巾を受け取った。いかにもいやそうに唇をゆがめる。「くっさ」一つ深呼吸をしてから、ぐっしょり湿った頭巾をかぶった。

フォスターは言った。「ちょっとお尋ねしたいことがあるだけなので——」

ブラッシュが遮る。「わたし、ブルカが似合いそう?」顎を上げ、黒い頭巾にくり抜かれた穴からフォスターと目を合わせる。黒い頭巾の奥で、青い瞳が何度も横に動く。

何を見ろと言われているのか、フォスターは周囲に視線を走らせる。通路の天井に監視カメラがあった。「何が似合うかって?」

「エリザベス・スマートの誘拐事件はそれでうまくいっちゃったのよね」ブラッシュはまたフォスターの携帯に文字を入力しながら言った。〈出口〉のドア目指し、自信に満ちた足取りで通路をずんずん歩いていく。その先は、せまい裏路地だった。速度を落とすことなく、そしてブラッシュは黒い頭巾をかぶり、フォスターは銃を持ったほうの手にケープを巻きつけているおかげで人目を引くことなく、二人は裏路地から通りに出た。

ブラッシュが訊く。「車で来てる?」

フォスターは指さした。「あっちに駐めてあります。ただ、一つ質問があるだけなので」

ブラッシュはフォスターが指さした方角にずんずん歩いていく。

「ちょっと待って」フォスターは異議を唱えた。「どこに連れていくつもりです?」

文字を入力するのと歩くのを同時にこなすブラッシュの能力は、まさに神業だ。「エイミー・センプル・マクファーソンって知ってる?」ブラッシュは訊く。「アガサ・クリスティーは?」

駐車場棟が見えてきた。「ここです」フォスターは言い、エレベーターのほうにうなずいた。

▲のボタンを押す。代役のルシンダ、エスコート嬢を思い出した。扉が開き、二人は乗りこんだ。

フォスターは車を駐めた階のボタンを押した。

上に向かうエレベーターのなか、あいかわらずせっせと文字を入力しながら、ブラッシュは頭巾の奥からくぐもった声で言う。「エイミーもアガサも、人気が低迷してたわけよ」ブラッシュは言う。「人気の低迷なら、わたしもいやってくらい知ってる」

エレベーターが停まり、二人は降りた。コンクリート敷きのスロープが延び、フロアは満車だ。フォスターはスパンデックス素材のタイツの内側に手をねじこみ、パンツの内側にはさんでおいた車のキーを探った。

ブラッシュはしゃべりながら文字入力を続ける。フォスターの携帯から一瞬たりとも目を離さない。「ずっと昔、一九二六年の話よ。エイミー・センプル・マクファーソンは北米で一番有名な宗教指導者だったんだけど、人気に陰りが出始めてたわけ」フォスターのあとについて車の列のあいだを歩きながら言う。「アガサ・クリスティーは作家で、本の売り上げが振るわなくなってて……」声が小さくなって途切れる。

フォスターはクレイグスリストで買ったダッジ・ダートに近づき、助手席のドアを開けた。ブラッシュは頭巾をかぶったまま乗りこんだ。

ブラッシュが説明を続ける。二人とも何の痕跡もなく消えてしまった。マクファーソンはおよそ一月。クリスティーはざっと十日。いずれのケースも、世界規模の捜索や報道合戦に発展した。ボランティアが何千人も集まって地球上の隅々まで探し回った。「イエス・キリストには悪いけど」ブラッシュは言った。「二人の失踪と復帰は、女版の死と復活よ。奇跡ってこと」

運転席に乗りこみ、フォスターは訊いた。『血みどろベビーシッター』って映画を覚えてます？」

ブラッシュはシートベルトを締める。「車を出して」

フォスターは訊く。「でも、戻らなくていいんですか」

ブラッシュはジャケットのポケットから煙草のパックを取り出した。頭巾を口もとまで持ち上げ、一本をくわえて車のシガーライターを押しこんだ。煙草をくわえたまま話す。「いいから車を出して」

煙草は遠慮してくれとフォスターは言いたいが、いまは後回しだ。

ブラッシュは携帯電話に最後の一文字を入力してから言った。「よし、送信、と」

ブラッシュの説明によれば、エイミー・センプル・マクファーソンは当初、ロサンゼルス近郊のビーチで溺れたとされた。アガサ・クリスティーは彼女と離婚して愛人の秘書と再婚したがっていた夫の手で殺害されたとされた。その後発見されたとき、マクファーソンは誘拐されてメキシコに連れていかれたと主張した。クリスティーは記憶喪失を主張した。しかしいずれの復帰も盛大なファンファーレで受け入れられた。何千、何万の人々が出迎えた。暗雲が漂っていたキャリアは上向き、世界的な人気が盛り返した。

フォスターがイグニションを回してエンジンを始動したとき、遠くでサイレンの音が聞こえた。

「出して」ブラッシュが命令口調で言う。「こんなにあっという間に捕まりたくないでしょ」

サイレンが大きくなる。近くなる。

フォスターは首を伸ばして後ろを向き、駐車スペースから車を出した。

「質問には答えてあげるから」ブラッシュが言う。煙草の煙を吐く。「ただし条件がある。このままわたしを誘拐したままにしておくこと」

車はすでにスロープをぐるぐる回って出口に向かっている。フォスターは異議を唱える。「あなたを誘拐してなどいませんが」

ブラッシュが切り返す。「わたしには再ブレークのきっかけが必要なの。あなたも何か必要なんでしょ」

出口のゲート前で車は停まる。駐車料金は前払いしていたが、フォスターは領収済み駐車券を挿入してボタンを押すのをためらう。首を振って言った。「誘拐しろなんて、断ります」

ブラッシュは携帯電話を顔の近くに持ち上げる。画面の文字を読み上げる。「親愛なる９１１のみなさん。私は才能ある美貌の俳優ブラッシュ・ジェントリーを誘拐しました」そこで間を置く。目がにやにや笑っている。

フォスターは駐車券を入れてボタンを押した。ゲートが開く。

**ブラッシュ・ジェントリー著『オスカーの黙示録』（五〇ページより引用）**

**誘拐事件はわたしの自作自演じゃないかって世間は言うわ。アカデミー賞のこと、その年の授賞式で何が起きるか知っていたから事件を自演したんじゃないかって。宝飾ブランドや**

ファッションデザイナーが、授賞式向けに宝石やドレスを貸し出すのを渋ったからだって言う人もいる。いっておくけど、うちのブランドだって断ったわよ。そういう噂を流す人たちは、わたしが銃で脅された事実をどう説明するのかしらね。

世界貿易センターのテロで、〝ダスティフィケーション〟とかいう新しい武器が使われたなんて話を流すのも同じ人たち。〝dustification〟って検索してみて。陰謀論以外は何も出てこないのがその答えよ。〝ブラックヘリコプター〟陰謀論を信じるような人たちの語り《ナラティヴ》にわたしの誘拐事件がうまく馴染まないとしたら、ごめんあそばせ。

ミッツィはワインのおかわりを注いでジミーの思い出に乾杯した。ジミーのようなうぬぼれの強い男とデートしたのは、一緒にいたらあの過剰な自尊心がうつるのではないかと期待したからだ。女はいつだってそういう期待をする。ナルシシストと交際すれば、自然と自分に自信を持てるようになるだろう。だがその期待はかならず裏切られて終わる。

ミッツィは腕の絆創膏の端をそっと持ち上げる。ワインボトルの破片が刺さってできた傷は、もうだいたい治っている。痕も残らずにすみそうだ。

寝室のドアにぶら下がっている首吊りの輪を見つめる。死は、不確定要素があまりにも多すぎる。明日、バスに撥ねられて地獄行きになるかもしれない。地獄へ直行せよ。〈Go〉を通過するな。二百ドルを受け取るな（ボードゲーム「モノポリー」の〈刑務所に行け〉のルールにかけた言葉あそび）。しかしフォンテイン方式を採用した場合、赤ん坊に縛りつけられることになりかねない。アンビエンを二錠、ピノ・グリをボトル一本、仕上げにハルシオンの残りを何錠か。それでミッツィは永遠の未婚の母になる。自分が死んでいることにも気づかないまま、さまよい続けるだろう。

何かに取り憑かれている気がする。それも今回は内側から。

電話が鳴った。非通知の番号。

「ミッツ」男の声だ。シュローだ。最良の作品かつ最後の仕事。「今夜、おまえさんに見せたい映画がある」

通りをはさんだ向かい側に並んだ暗い窓にミッツィの影が映っている。影はグラスのワインを飲み干し、窓台に置いたボトルをとっておかわりを注ぐ。「もう真夜中過ぎなんだけど」

「真夜中の覆面試写会《スニークプレビュー》でね」

ミッツィは言う。「いまから行ったら遅刻じゃない」どの薄暗い四角の表面でも、ほかの影がグラスを口に運んでかたむけている。フォンテイン・コンドミニアムの飲み仲間。

「さほど遅れやせん」シュローが言う。「悲鳴の場面には間に合う」シュローはすぐ前の通りでミッツィを待っている。

ミッツィは下の通りを見る。エントランス前に、いつもの救急車の代わりにリムジンが停まってアイドリングしていた。

車は行く当てもなく走り続けている。フォスターと女優は、二人は、ウィンドウに濃い色のフィルムを貼った車の暗がりに身をひそめ、どうすれば正体を気づかれずに食料を調達できるかと思案している。日が沈もうとしていた。日が沈んで暗くなったら買い物に出られるだろうか。

ずっと先に、パトロールカーが一台、二重駐車していて、運転席に制服警官が一人乗っている。その後ろについて追い越せなくなるのを避けようと、あるいは追い越して注意を引くのを避けようと、フォスターは車を縁石に寄せて駐めた。エンジンを切って駐車ブレーキを引く。

ブラッシュが銃を見たいと言った。フォスターはジャケットのポケットから銃を取り出した。

「弾は入っていません」

ブラッシュは助手席から手を伸ばし、フォスターはその手に銃を渡した。ブラッシュは重みを確かめるように軽く上下させた。「どうすればコミコンに銃を持ちこめるわけ」

フォスターは肩をすくめた。

ブラッシュは身を乗り出し、ダッシュボードに置いていたフォスターの携帯を持ち上げた。

「銃を持ちこめたのは、誰かがあなたに銃を持ちこませたかったからよ。誰かがあなたにわたしを誘拐させようとした」ブラッシュは真顔になり、わざとらしくしかめ面をした。「わたしのエージェントね、きっと」

フォスターは、ルシンダの導きだという自分なりの仮説を吟味する。何らかの方法で娘がフォスターの使命を後押ししているのではないか。

ブラッシュはシガーライターと携帯をつないでいた充電ケーブルを抜く。シートに置いてあったフォスターのコスプレ用手袋を片方取って訊く。「これ、借りていい？」

フォスターは答えない。その厚手の手袋は、車に乗りこんだときにはずしていた。汗を吸って海綿のようになっている。スパンデックス素材の衣装はみんなそうだ。

ブラッシュは死刑執行人の頭巾をとうに脱いでバックシートに放っていた。フォスターの沈黙を同意と解釈したのだろう、手袋を一方の手にはめた。もう一方の手で、自撮りの角度に携帯を持ち上げる。手袋をはめたほうの手で銃を持ち上げ、銃口をこめかみに押し当てる。それと同時に顔をそむけ、目をぎゅっと閉じた。ふいに涙があふれて、マスカラの黒い汚れが頬を伝い落ちた。口角を下げ、泣いているかのように唇を軽く開く。携帯電話がぱちりと写真を撮った。

手袋を借りたのはそのためか。自撮り写真の画角に切り取ると、怯えてすくみ上がった映画スターの顔に、男の手が銃を突きつけているように見える。コンベンション・センターの監視カメラは、その手袋をフォスターがはめているところを撮影していた。自撮り写真はフォスターの携帯から送信される。そしてフォスターは、銃を使った犯罪の容疑者として手配されている。

チャイムのような音が鳴って、ブラッシュが写真を送信した。「いま送った先は『ニューヨーク・タイムズ』」

ブラッシュは画面をスワイプし、自分の身代金百万ドルを募るクラウドファンディングの現在の支援総額を確認する。「あら」ブラッシュは言う。うれしそうな〝あら〟ではない。いまの〝あら〟は、どう聞いても怒りと失望の〝あら〟だ。

フォスターは本題を切り出す。「刺し殺されるベビーシッターを演じましたよね」それから、できるだけ何気ない調子で続ける。「悲鳴を吹き替えたのは誰です?」

ブラッシュが鋭い視線をよこす。いまのは危険な質問だというように警戒している。美しい顔に、独りよがりの自信が戻る。「わたしの悲鳴はいつも自前よ」

視線を追うと、ブラッシュはすぐ先に駐まっているパトロールカーを見ていた。フォスターは自分の携帯電話を取り返し、ファイルを探して再生した。怯えきった幼い女の子の甲高い声が流れた。

その声に、二人はどちらも一瞬凍りつく。その声は、駐めたままの車内で反響していつまでも消えないように思えた。

ブラッシュは腕を組んだ。喉がごくりと鳴った。それからきっぱりと言った。「わたしの声よ」パトロールカーのほうをうかがい、肩を丸める。

フォスターは思いきって言った。「あなたの声ではなさそうに思いますが」

「それが仕事だもの」ブラッシュは言う。「どんな声でも出せるのよ」

フォスターは言った。「降りて」

「あれはわたしの悲鳴なんだったら」ブラッシュは言い、フォスターがもう一度再生する前に携帯をつかむ。

フォスターはホーンボタンを押した。クラクションが長く鳴り渡る。フォスターは手を離した。歩道を通りかかった老人が手を丸めて助手席側のウィンドウに当て、車内をのぞきこんだ。人が集まれば、警察も集まる。

するとブラッシュが言った。「何よ。わかったわよ。わかったってば」車内をのぞく人間が増え、ブラッシュは両手で顔を覆った。「そうね、あの悲鳴はわたしのじゃなかったかも」

それがフォスターが聞きたかったすべてだ。

ワインはアンビエンではない。ハルシオンでさえないが、それでも現状維持には十分に寄与した。リムジンのドアを開けた運転手は、恭《うやうや》しく制帽を脱いだ。シュローが冷えたピノ・グリと熱いゴシップを用意して車内で待っていた。脚つきのグラスにピノ・グリがなみなみと注がれて待っている。ふかふかの革張りの内装が施された車に乗りこみ、シートに深く沈みこむ前から、ミッツィはグラスに手を伸ばしていた。

車は歩道際を離れ、深夜の無人の通りを走り出す。その走りはまるで液体が流れるようになめらかで、一地点から動かないリムジンの周囲をビルやバス停が動いているかのようだった。運転手とバックシートを仕切るパーティションを閉じるボタンを押しながら、シュローが訊く。「自分がブラッシュ・ジェントリーでなくてほっとしただろう」

ミッツィは受け取ったグラスに即座に口をつけた。はしゃいだ気分だった。この数日、一人でコンドミニアムに引きこもっていたあとだから、長く散歩に連れていってもらえなかった犬のように、気分が少しうわずっていた。

シュローはミッツィの返事を待たずに言った。「かわいそうに、誘拐されたんだよ」

シュローが携帯をミッツィに向ける。非情にもこめかみに銃口を押し当てられ、マスカラの涙で頬を汚したブラッシュ・ジェントリーの写真が表示されていた。シュローは画面を自分に向けて写真をしげしげと見た。それから割り切れない表情で首を振った。「映画でさんざんひどい目に遭ったってのに。狂暴なサルに生きたまま食われたりな。いやはや、カルマってやつかね」

車はフリーウェイ入口のランプを下る。まもなくフリーウェイをすべるように走り出した。

ミッツィは酒を飲むのを一休みして息をつく。半分空になったグラスを乾杯のしぐさで持ち上げる。「我らの罪を忘れたまえ」

シュローはバーのアイスバケットからボトルを取る。身を乗り出してミッツィのグラスを縁まで満たす。

車は出口ランプを上る。まもなく街の中心部の高層ビル群の谷間の信号で止まる。通りにほかの車は見えない。商店のショーウィンドウは鉄格子で守られている。ほかの車はほとんど通りかからない。

車が速度を落とす。すべるように停まる。というより、周囲を流れていた世界が停止した。色や瞬く光だけが車のウィンドウ越しに車内にあふれた。ネオンで飾られた劇場の看板《マーキー》。車は劇場の前に停まっていた。インペリアル劇場。入口の看板の上、夜空を背景に、光塔や尖塔の林がそびえている。そのさらに上にコンクリートのドームがあって、ホールの巨大さを物語っていた。

インペリアル劇場は、ガラス壁の高層ビルのはざまにぽつんと建っている。一九二〇年代に中心街に建設された映画の城の最後の生き残りだ。看板の電球は〈ミッドナイト・スニークプレビュー〉と綴り、ガラス扉の奥のロビーは無人らしく、赤絨毯と磨き抜かれた真鍮の輝きと古い金めっきの装飾だけが見える。チケット売場は暗い。ウィンドウに〈本日貸切〉の札が下がっていた。駐車スペースに空きが見当たらないところから察するに、場内には数百人が集まっているのだろう。千人かもしれない。二千人かもしれない。

ロビーのアーチ形の天井やダマスク模様の壁紙にガラス越しに目をこらして、ミッツィはふつうのボリュームではなくささやくような声で言う。「これって、デトロイトで起きた件と何か関係があるの?」

シュローは空気を叩くようなしぐさでミッツィを黙らせる。「デトロイトでは何も起きていないさ。雪の重み。デトロイトで起きたのはそれさ」

ミッツィがグラスを口もとに運ぶと同時に、小さな音が鳴る。小さなベルのような音。誰かが何かに当選したような。その音が合図になって、ミッツィはまばゆい看板のなかの暗い一角を見る。見ていると、また同じ音が鳴った。電球がまた一つ消える。三つ目の音で、三つ目の電球が消える。電球が破裂したのだ。スロットマシンの払い戻しのように、クリスマスのように、音が重なり合いながら続けざまに鳴って、看板に並んだ電球がすべてマシンガンの速度ではじける。短時間でたくさんの電球がはじけ飛んで〈インペリアル〉の文字が読解不能になり、次の瞬間には全部の電球が消えた。

何かがミッツィの視界を突っ切るように落ち、助手席側の後部ウィンドウのすぐ前の歩道で粉々になった。破片が雨のように車に降り注ぐ。上を見ると、赤い瓦を載せた劇場の庇がかたかた鳴っていた。瓦がまた一枚降ってきて、歩道で砕け散った。

ステンドグラスの大きな窓からガラス板が一枚、外に向けてはじけ飛ぶ。そこに破裂する電球や砕ける瓦が加わって、景気のよい音の大吹雪になった。さまざまな物体が壊れる甲高い音が吹き荒れるトンネル。混沌として複雑な劇場の輪郭全体が震えているように見えた。

そのにぎやかな不協和音に負けじと、シュローは携帯電話に番号を入力する。「また起きた」誰かにそう伝えている。平板な声に、暗い諦観がにじんでいた。「地震の専門家に、二番のシナリオに備えろと指示しておけ」窓が割れ、電球が破裂し、瓦がはじけるやかましい音に対抗して、シュローの声はだんだん大きくなる。「うちのバージョンのニュースを急いでマスコミに流せ」

ロビーの扉が外にふくらんだかと思うと、安全ガラスにクモの巣状の亀裂が入った。衝撃波が車を揺らす。コンクリートの尖塔の先細りの輪郭がぼやけ、軋るような重い音が夜空に広がった。近隣の車の盗難防止アラームが次々と鳴る。その脈打つような甲高い音は、高層ビルの谷間でこだまし、反響する。

フォスターの車が左右に揺れた。どこからかそよ風が吹きつけたかのようだったが、そよ風などという生やさしいものではなかった。猛烈な突風が車を船のようにかたむけ、くたびれたショックアブソーバーが苦しげに軋んだ。地震慣れしたフォスターは反射的に起き上がった。頭が何かにしたたかぶつかった。車のハンドルだ。いつのまにかフロントシートに伸びて眠りこんでいた。アドレナリンが毒のごとく全身を巡りだす。

バックシートから声が聞こえた。「大丈夫？」その言葉を邪魔して甲高い音が響く。空襲警報のような、尻上がりに大きくなる甲高い音。数百の車の盗難防止アラームが一斉に鳴っている。

ブラッシュは肘をついて体を起こし、リアウィンドウ越しに外をのぞいた。車のクラクションはやかましく鳴り、テールライトやヘッドライトが瞬いている。暗い無人の街に駐車車輛が列をなしていた。

フォスターはぶつけた額を指先で探った。血は出ていないようだ。バックミラーにブラッシュが映っていた。あんぐりと口を開けて遠くの何かを見つめている。フォスターも同じ方角を見た。高層ビルのシルエットが形を変えようとしていた。ラスベガスのホテルの爆破解体を思い出す。あるいは、高層公営住宅の発破解体。細い高層ビルが塵の雲の底に沈む。その高層ビルを囲む輪郭もかたむき、落ちて、視界から消えた。電気コードがちぎれたかのように、青白い閃光が何度かほとばしった。

ワインのボトルがミッツィの記憶に閃く。誰かの悲鳴が最高潮に達したとき、ボトルとグラスが破裂したっけ。肘のあたりに痛みの名残を感じた。まるで腕が独立した記憶を持っているかのように。ミッツィの目の前で、劇場入口の看板が落ちるというよりスローモーションで溶けていった。力なく垂れていき、歩道の上で鋼鉄と割れたネオンチューブがからみ合った小山になった。同じスローモーションで、コンクリートの尖塔が空から落ちてきた。まず尖塔が一つ。次の瞬間、全部の尖塔が内側に向けて融解した。劇場自体が崩れ、落ちた塔がそこにのみこまれる。ムーア風のタイル、メキシコ風やアステカ風の陶製タイルがひび割れ、次々に剝がれ落ちて、その下にある流しコンクリートの外殻が露になった。ロビーの出入口は瓦礫でふさがれ、警報や近づいてくるサイレンがやかましく鳴り渡るなか、ホールの円い屋根の骨組みだけが暗い空に取り残されていた。

建物の柱や壁の装飾、凝った彫刻が施された煙突やキューポラがふいに硬さを失って垂れ下がり、視界から消えていく。なのに、どういうわけか、運転手は車を歩道際に駐めたままにしている。ミッツィの手はひとりでに持ち上がってワイングラスを口もとに運ぶ。もう一方の手は、錠剤の小瓶の固いふくらみを求めてジャケットのポケットを探った。

シュローが隣からミッツィのほうに身を乗り出し、カメラを車のウィンドウに押しつける。震える劇場を動画撮影している。崩れかけ、陥没しかけた巨大ドームがついに完全な崩壊を始め、塵まみれの鈍い音とともに内側に落ちていく様子を撮影している。

劇場のファサードが奥にかたむいて倒れた。ステンドグラスの窓も、モザイクタイル張りの壁龕《ニッチ》の像も。屋上の貯水槽かどこかから噴き出した水が、沈みゆく残骸の上にあふれ落ちる。その波が、ガラスの破片やタイルのかけらをのみこんで軽やかな音を鳴らしながら、リムジンの側面に押し寄せた。

通りの劇場側に一本線をなしていた巨大な瓦礫の山はしだいに落ち着き、形を変え、ふるいの目をすり抜けるように少しずつ落ちていった。粉々に砕けながら、それは路面より下に消えた。地下に何フロアあったのか知らないが、瓦礫の重量がそれを押しつぶす。底なしに深い穴が開いて、何カ所か破裂した水道本管から水が噴き上がって穴に降り注いでいるのが見えた。

黒い噴水はしだいに高さを増し、その下のコンクリートのかけらや真紅のベルベット地が沈んでいった。まもなく破裂した水道本管そのものが沈み、劇場跡は大きな正方形の湖に変わった。黒い水をたたえた穏やかな湖。ラ・ブレア・タールピットのようにどす黒くて不吉な湖。波一つない静かな湖面に、散らかったポップコーンだけが浮かんでいた。

ビルを爆破解体しているのだ。フォスターはその思いつきに飛びついた。そう考えれば、深夜にこれだけの数の車が中心街に駐まっているわけに説明がつく。見物人が集まっているのだ。爆破解体が未明に行われているのは、安全のためだ。そうさ、そう考えれば何もかも筋が通る。

ブラッシュが言った。「ラジオ、つけて」サイレンの音が大きくなる。「ラジオ、つけて。車を出して」ブラッシュの声は素っ気ない命令口調だ。

何もかもがネット配信されるいまどきの世界では、ラジオは電報なみに時代錯誤に思える。フォスターはキーの先端でイグニションを探り、一段回してからラジオのつまみをいじった。緊急車輌が近づいてきて、回転灯が一帯を青と赤に染めた。

ブラッシュがバックシートで身を縮める。「車を出して！」自分の携帯電話にバッテリーを戻している。

「ちょっと揺れただけですよ」フォスターは首を伸ばして空っぽの通りを振り返り、車が来ていないことを確かめてから発進した。動いている車はほかに一台だけ、加速しながら反対の方角に走っていくリムジンだけだ。

ブラッシュがリアウィンドウ越しに背後を凝視する。「フリーウェイに乗って。急いで」フロントシートの背もたれを両腕で抱えた。携帯電話を握った手をフォスターの鼻先に突きつける。携帯のスピーカーから、薄っぺらな悲鳴が聞こえた。車のラジオが言う。「……微小地震が発生したようです……」

ブラッシュがラジオをにらみつける。「微小地震?」

フォスターは一瞬だけ路面から目を離して画面を見た。

画面上で、安っぽいパニック映画が再生されていた。劇場を埋めた無数のティーンエイジャーが悲鳴を上げている。ゆがめられた顔、顔、顔。真紅のベルベットの座席に立ち、あるいは座っている少年や少女。誰もが掌を上に向けて両手を挙げている。その上に、金色のコンクリートの塊が雨あられと降り注いでいた。カメラのフレームが上に動き、石膏や化粧しっくいの蛇腹《コーニス》に取り巻かれた優雅なフレスコ画の天井が映し出された。その天井が粉々に割れ、雷鳴のような音とともに落ちる。彩色された雲や天使が、コンクリートの空からまっすぐ降ってくる。天井の中心に豪華絢爛なシャンデリアが一つ。素材はブロンズ、林立する電気式キャンドルが燃えるような光を放ち、七色に輝くクリスタルの花や鎖が垂れ下がっている。その巨大な物体が明滅し、暗くなり、一瞬揺れたあと、落ちてきた。カメラはその落下を、短くて速い落下を追う。隕石が地球にぶつかったような衝撃とともにシャンデリアが床に落ち、右往左往する十代や二十代の若者を押しつぶして、瞬時にすべての音を消す。落下地点から火花の間欠泉が噴き上がる。

フォスターはむっとして鼻から息を吐き出す。いらだちを覚える。なぜいまこんな子供向けパニック映画を見せるのか。さっきハンドルにぶつけた額がまだずきずき痛む。これが悪夢でないことを裏づけるのは、その痛みだけだ。

このパニック映画は、このパニックは、見たところ映画館で起きているようだ。背景のスクリーンに俳優が映し出されている。その俳優の顔は苦痛にゆがみ、特大の口は悲鳴を上げている。観客が真似ているのはこの男の悲鳴らしい。まるで大勢の人々がとことん感情移入し、男の悲鳴と同じピッチで悲鳴を上げ、彼らがいる建物が振動して粉々になり、彼らの上に崩れ落ちているかのようだ。

カメラのフレームが左右に動き始めた。すぐそばの壁が崩れ、真紅のベルベットのような壁紙とコンクリートの地すべりが起き、犠牲者がそれにのみこまれて埋もれる。鉄筋が、黒い紐状のリコリス味のグミのようによじれる。ほかの腕は、背景にいるほかの人々は、まるで自分の死の瞬間を動画で記録しようとしているかのように携帯電話を掲げている。彫像や柱の滝は、携帯を振り回す人々の群れを次々とぺしゃんこにし、即死させ、やがてブラッシュの携帯電話の画面は暗転して無音になる。死んだように静かな画面は、フォスターの顔の仄暗いシルエットだけを映している。

まさか自分だとは、とっさにわからなかった。ミッツィはスタジオにこもり、在庫から悲鳴を次々選び出しては再生していた。去勢の悲鳴のオリジナル音源を探して、何十年分ものテープをつぶさに調べている。そのテープをどこにやったのか、まるで思い出せない。

偶然、そのテープを抜き出した。再生ボタンを押した。次の瞬間、自分が蘇った。失われたバージョンのミッツィ。自分でも自分だと思えない。酔ったように呂律の回らない発音で、テープの声が尋ねる。「ねえ、〈ウィルヘルムの叫び〉って知ってる？」

テープから、腹の鳴る音がはっきりと聞こえる。「ごめんなさい」若い女、正体不明の女の声がつぶやく。「食べ物の話をしてたらおなか空いちゃって」

ミッツィのくぐもった言葉がテープから聞こえる。「気にしないで。おなかが空くのもいまのうちだし」

ミッツィとその女はおしゃべりを続ける。マイクの位置が決まり、録音レベルがチェックされ、再チェックされるにつれて、二人の声は聞き取りやすくなっていく。

女がもごもごと言う。「イングリッシュマフィン……ビスケットのグレーヴィ添え……」

ミッツィがなかば上の空でテープを聞いていると、悲鳴が響き渡った。スタジオの全スピーカーから苦痛が噴出して耳を痛めつける。

最高潮に達したあと、悲鳴は短く途切れた。途切れるごとに小さくなり、力を失い、最後は不規則な息遣いになった。一呼吸ごとに短くなり、最後に長く吐き出されて、聞こえなくなった。がさがさ、かちりという音がテープから聞こえた。人生で経験してきたすべての頭痛と結びついてミッツィが知っている音。ライターに点火する音。煙草に火がつくじゅっという音。深々と煙を吸いこむ音、煙草の先端が赤く燃える音。どの音もいま目の前でしているかのようで、ミッツィは思わず鼻を動かして煙のにおいを探した。明瞭で雑音一つまじらないその録音は、いまミッツィがここに一人きりでいるという事実を否定しているようだった。鍵をかけた録音スタジオのコンソールの前に一人きりで座って録音に聞き入っているはずなのに、その音はあまりにもリアルで、いまこのスタジオのどこかに幽霊がいるのかと疑いたくなる。あるいは、ミッツィ自身が幽霊で、自分がいなくなった世界の音に耳を澄ましているのかもしれない。

テープから足音がして、大きな声が聞こえた。「よし！」その新しい声は、男のものだ。理知的で実務慣れしたドクター・アダマーの声、片時も煙草を離さないドクターの声。いつからスタジオにいたのだろう。まるでわからない。

ミッツィはもっとよく聞こうと目を閉じた。暗闇のなか、過去がスタジオを支配する。

ドクターの大きな声が言う。「よし、撤収だ」

L形レンチはないかとブラッシュが訊く。「タイヤ交換に使うようなやつ。車に積んでない？」そう説明を加える。車は道路の広くなったところに停まっている。二人ともフロントシートに座っている。

さて、L形レンチは積んであっただろうか。フォスターは車の後ろに回ってトランクを開けた。

細い道をたどって、街を見下ろす夜の高台に来ていた。ブラッシュの道案内で、フォスターは真っ暗な小道に車を乗り入れた。周辺の民家が背後に消え去り、やがてヘッドライトが〈私道〉と書かれたプレートを浮かび上がらせた。いまいる小道は、小高い尾根をたどるように伸びていて、片側は轍《わだち》がついた急斜面だ。ここまで上ってくると、街の中心部まで見晴らせる。上空を旋回するヘリコプターのサーチライトが、ビルの合間にぽつんとできた空白を煌々と照らしていた。

サイレンが空に響いている。

犬が、犬もコヨーテも含めたロサンゼルス盆地一帯のあらゆる犬が、サイレンに合わせて吠える。どんな動物にもなお野性が残っている事実を不吉に思い出させる。

夜の空気はジュニパーとセージの香りをさせている。暗闇でトランクを手探りし、先端が九十度に曲がったスチールのレンチを見つけ出す。曲がった側の先に、タイヤのナットがぴったりはまる六角形のソケットがついている。反対の先端は、ハブキャップやホイールカバーをこじってはずせるよう、鋭いくさび形をしている。

ブラッシュが隣に来ていて、フォスターの手からレンチを取る。それから迷いのない足取りで歩きだす。レンチを片方の手で握り、武器で掌を叩くように反対の手に叩きつけている。ブラッシュは街が見えているのとは反対側のスタッコ塗りの塀に沿って歩いていき、フォスターは急ぎ足でそのあとを追った。ピンク色のスタッコがひび割れて剝がれかけた塀は高さがあって、その向こうはのぞけない。数歩ごとに警備会社のプレートが留めてある。〈立入禁止〉の掲示も同じく数歩ごとに塀にネジ留めされていて、錆色の染みを血のように流している。行く手に目をこらすと、真っ暗な家の煙突や屋根の輪郭がみすぼらしい塀の上に見え隠れしていた。

その家に近づいたところにゲートがあった。ゲートは、映画の撮影スタジオにありそうなスペイン・ルネッサンス様式の典型で、鉄のバーがねじれたり曲がりくねったりしながら枝分かれし、あるいは交差している。バーのあいだに鉄の小鳥が止まってさえずっていた。そのゲートを抜け、円形の車寄せを過ぎ、ベニヤ板でふさがれた大きな玄関まで行った。ペンキを塗っていないベニヤ板はゆがみ、反り返りながらも、かさぶたのように家にへばりついていた。日焼けしたプレートがステープルガンで留められて〈差押物件につき立入禁止〉と警告している。ブラッシュが一歩下がり、意外な猛々しさを発揮してベニヤ板に飛びかかって、L形レンチのとがった先を板の端のほうに突き刺した。レンチを上下に動かして深くめりこませ、板を剝がしにかかる。ベニヤ板を留めているネジの周囲から木に裂け目が入った。

フォスターはすぐ隣に立ってレンチに手を添えた。二人で一緒にレンチを引く。ベニヤ板は、映画のなかで骨が折れるような音を立てて裂けた。さほど大きな音ではなかったが、これだけ静かな夜、これだけ人気《ひとけ》のない通りでは、ひやりとするほど大きい。ベニヤ板は三辺が剝がれ、残った一辺を蝶番《ちょうつがい》のようにして揺れた。その裏に、クモの巣で覆われたドアがあった。

ブラッシュはコートのポケットから鍵の束を取り出した。その中の一本を本締錠《ほんじまり》の鍵穴に挿しこんで回す。また別の一本をノブの鍵穴に挿しこんで回す。

ドアが内側に向けて開きかけたが、玄関の床にこすれてぎいと大きな音を立てて止まった。ブラッシュは隙間から手を入れて戸口のすぐ奥を探った。

かちり、かちりとスイッチの音はしたが、明かりはつかない。

「手を貸して」ブラッシュが言った。

通りの仄明かりは、玄関から数歩奥までしか届かない。屋内からふわりと吹きつけた空気は熱かった。晴天続きの数カ月でためこまれた空気、夜に窓を開けて換気したりエアコンで冷やされたりを一度もされなかった、かびくさい空気。その饐《す》えたにおいのなかにブラッシュは足を踏み出す。そこから先の暗闇を、フォスターの手を引き、自信ありげな足取りでずんずん歩いていく。

ミッツィは食器を洗っている。大半はワイングラスだ。ミッツィの手の、ワイングラスの持ち方は間違っている。洗剤でぬるぬるすべりやすいグラスを洗うのに力を入れすぎ、誰でも予想できる結果を導く。グラスがか細い抗議の声を上げる。力に耐えかね、二つに分かれる。断面はそれぞれカミソリのように鋭い。

気が張りつめていた。テープに入っていた音が、頭のなかで繰り返し再生されている。ドクター・アダマーの声が記憶のなかでループ再生されている。死にゆく女の声も。ウェイトレスだって？　そのうえ、ミッツィは知らないのに、向こうはミッツィを知っているらしい複数の男の不穏な声も聞こえた。だが何より気持ちが悪いのは、ミッツィの知らないもう一人のミッツィだ。呂律の回らない声。よだれまじりにしゃべる酔っ払い。だが、ミッツィであることは疑いようがなかった。ミッツィ・アイヴズ演じる、うすのろ間抜けのキャラクター。食いしばった歯がぎりぎりと鳴る。何がどうなっているのかと考えていると、つい全身の筋肉に力が入る。そしてグラスが割れる。

痛みがミッツィに届くより先に、シンクの泡の浮いた水が暗い赤色に変わる。ぬるま湯の底ではどれだけ深い切り傷を負っても痛くない証拠だ。少なくとも直後は何も感じない。ミッツィは水面に手を引き上げる。親指の付け根の皮膚、親指の付け根のくぼんだところのすぐ下が、赤い鯨のように血を噴いていた。弧を描く傷の形は、子供の歯形にそっくりだ。どくどくと血があふれて、とても直視できない。そこでミッツィはその手をシンクの底にふたたび沈める。ぬるま湯に、深い切り傷。シンクの深さを測っているかのように、ミッツィの体はシンクを満たす。

生きる決断をいつまで自分で下せるだろう。誰かに電話して、助けを求めたほうがいいのか。それとも、自分の体が別の選択をするのを待つべきか。

フォスターは手を引かれるままにまかせた。空いたほうの手がすべらかな金属の物体とざらりとした格子状の何かをかすめた。ガスレンジの火口だろう。脚が冷蔵庫のスチール扉にこすれ、取っ手が腰骨にごんとぶつかった。暗闇で空いたほうの手を大きく伸ばすと、キャビネットの扉のつまみや縁、抽斗の前面が触れた。何かにつまずいたらと怖くて、足を持ち上げられない。すり足で歩く床は、タイル張りなのか、つるりとしていた。

いまフォスターに感知できるブラッシュ・ジェントリーは、においと、力強くなめらかな手の感触だけだ。通りかかった部屋の大きさがなんとなくわかる。音が響く感じからするに、どの部屋も巨大だ。

ブラッシュが立ち止まる。「右側に手すりがある。ここから階段を上るわよ」

フォスターは闇のなかで手を左右に動かし、手すりを探り当てた。見上げると、アーチ形の天井がほのかに照らされていた。階段を上りきり、バスケットボールの試合もできそうな広い空間に入った。朝の最初の青い光が汚れた窓を透かして入ってくる。積もった埃が二人の足音を和らげた。

「あなたの家ですか」フォスターはささやくような声で訊く。食料も水もない家。暖房も電力もない家。潜伏に向いているとは思えない。ブラッシュは造りつけの書棚の前に立ち、革綴じの本を横に押しのけた。

棚の奥の暗がりを手で探る。空気が抜ける低い音が聞こえ、書棚が奥に向けて動いた。先に暗い空間が広がっていた。

ブラッシュが内側の壁を探り、まぶしい明かりがついた。もう一度、壁を探る。そこに設置されたタッチパッドを操作している。まもなく天井近くの吹き出し口から冷たい空気が流れ始めた。ブラッシュはフォスターを手招きした。「パニックルームよ。地震に備えた避難部屋。ボトル入りの水に、発電機」ブラッシュはバッグから携帯電話を取り出した。「携帯の電波は入らない。核攻撃に備えて鉛だか亜鉛だかのシートが壁に入ってるから……」そう言って壁に取りつけられた旧式な電話機と、そこから伸びる長いコイル状のコードを指さす。「固定電話はある。もちろん、番号は電話帳に載せてない」

それがキューになったかのように、電話が鳴りだした。

ブラッシュは電話を見つめる。表情は不安げに曇っている。ベルは七度鳴ってやんだ。ブラッシュは安堵の息をつく。「間違い電話ね」

が、電話はまた鳴り出した。七度鳴ってやむ。三度鳴り出したとき、ブラッシュは受話器を取って耳に当てた。「なんだ、シュロー！」送話口を手で覆っておいてフォスターにささやく。

「お友達よ。映画プロデューサーだけど、悪い人じゃない」それから電話口に戻って言った。「待って、スピーカーモードにするから」

長大なげっぷのように、その声が大音量でとどろく。「そこにいるだろうと思ったよ」その声は言う。「誘拐犯と一緒か」

「フォスターよ」ブラッシュは電話機のほうに、電話機のメッシュをかぶせた小さなスピーカーのほうに顎をしゃくって続ける。「こちらはシュロー。例のベビーシッター映画をプロデュースした人」

げっぷの声が言う。「ブラッシュ、リトル・ガール。まさかオスカーの授賞式に出るつもりではないだろうね」

ブラッシュはまた不安げな視線をフォスターに向けた。「そのつもりだけど」

げっぷが説得口調で言う。「やめておけ。悪いことは言わないから」電話は切れた。

ブラッシュはバッグを下ろし、ジャケットを脱いでから腰をかがめた。L形レンチをバッグから出すため。小道に面した玄関をふさいでいたベニヤ板が破られているのをごまかすため。ブラッシュがパニックルームを出て、書棚が扉のように閉まった。

開け方がわからず、フォスターはそのまま囚われ人となった。

ポケットから電話を取り出し、バッテリーを入れた。電波が入らないからといって、何だ？警察にもフォスターの現在地を突き止められないということでもある。画面をスワイプした。ブラッシュに見せたいものがある。動画だ。画質は粗く、無声だが、だから何だ？　バースデーケーキの蠟燭なみに短い動画でも、フォスターには命に等しい貴重品だ。

シュローは単なる友人ではない。男のなかの男、シュローは、フォンテイン・コンドミニアムのドアマンを買収した。そういう人物なのだ。ドアマンはマスターキーを使い、二人は意識を失ったミッツィを発見した。ミッツィはキッチンのシンク脇に倒れ、コルクタイル床を血のような赤に改装しているところだった。なぜそんな知識があったのかはわからない。だがシュローはドアマンにスーパーグルー接着剤と過酸化水素水を取りに行かせ、ミッツィの腕を心臓より上に持ち上げて圧迫した。医者といってもおかしくない。

信じがたいほど冷静なシュローは言った。「ミッツ、何をしたらヤンキー・スタジアムを満員にできるか私は知らんが、何かおかしいってことは断言できる」

インペリアル劇場。劇場の崩落。数多《あまた》の地震に耐えてきた建造物、ランドマークと称されるにふさわしい建造物が、崩落した。政府は今回の現象を地震と呼んでいる。デトロイトの劇場は、積雪の重み。次の劇場は、言うに事欠いて、テロとでも主張するのだろうか。

シュローが言いたいのは、大急ぎで荷物をまとめろということだ。たんまり貯めこんだ金を抱えて、ロマン・ポランスキー式の逃走を図れということだ。「マスター音源は焼き捨てろ」シュローはミッツィに言う。「私一人の意見じゃない。業界全体がそう考えている。はめられたんだよ」

シュローはまるで魔法使いだ。シュローに手首の切り傷を接着剤で閉じてもらった女はミッツィが最初ではないのかもしれないが、シュローは氷で傷の周辺を洗い流したあと、クリームターターを振りかけた。出血がいったん止まったところで傷をつまみ、スーパーグルー接着剤を一滴垂らして閉じた。

なんといってもここはハリウッドだ。ヒーロー役を演じたくない人間がどこにいる？

キッチンの床で朦朧としたままミッツィは訊く。「いったい何が起きてるの？」

ミッツィを見下ろして、シュローは言う。「エリコさ、ベイビー・ガール！　何が起きているって、エリコだ」

フォスターは最後に動画を見せた。その前に、二人は酔っ払った。軽く酔っ払った。ただし長い時間。よけいな注意を引かないよう表の玄関を直したついでにブラッシュが持ってきたラム酒で。ラム酒なのは、高校時代のパーティを思い起こさせるような甘さをブラッシュが気に入っているからだ。十代の〝ヤリマン〟、実際には映画のなかでヤラれまくる女の役を演じるのに忙しくて、一度も行かれなかった高校時代のパーティ。セックス好きの女を演じ続けたおかげで、最初の結婚までブラッシュは処女だった。

二人はパニックルームにキャンプを張った。ブラッシュはグラスを持った手を大げさに動かす。「信じられる？　わたしはこのすてきなおうちを買えたも同然のお金持ちだったのよ」

ごく一部しか見ていないとはいえ、豪邸であることはフォスターにもわかる。

「おうちと呼ぶには広すぎるけど」ブラッシュは無念そうに言う。「世界と呼ぶにはせますぎるの」購入したのは人気の絶頂期で、いまと同じように閉じこめられていた。外に出ればカメラマンに追いかけられた。度を超したファンに待ち伏せされた。

ラム酒をまたグラスに注ぐ。コカ・コーラを注ぎ足す。身代金を募るクラウドファンディングの支援総額が二万ドルに達し、二人は乾杯する。

沈黙が続いた。無言でグラスをかたむけていると、インペリアル劇場で最初の遺体が発見されたことを伝える現場からの生中継がテレビで始まる。遺体袋が次々と運び出されてくる。どの袋も、人ひとりが入っているには小さすぎる。ティーンエイジャーだとしても小さすぎる。

ブラッシュは眠りこみ、ゲイツ・フォスターは眠っている彼女に、ルシンダの偽の葬儀での阿鼻叫喚を語り、サポートグループのメンバーの一人、医師ともあろう人物が、聖書の朗読でヘマをしたことを話して聞かせた。その医師は、フォスターがあらかじめ選んでおいた箇所ではなく、ヨシュア記の一節を読み上げた。ヨシュアの民が口々に叫び、その一体化した声がエリコの街の城壁を崩壊させた一節を朗読したのだ。

フォスターは眠っているブラッシュに話す。葬儀だったものが、突然、晒《さら》し刑に変わった。彼の怒りを爆発させようと仕組まれた陰謀のようだった。

テレビのニュース番組のカメラが切り替わり、人質を解放して自首してほしいと涙ながらにフォスターに訴えるアンバーが映し出された。やれやれ、アンバーも気の毒に。

うたた寝からはっと目覚めたブラッシュが言った。「考えるだけ無駄よ」テレビ画面の女を、フォスターの元妻を見つめる。「きれいな人ね。お嬢ちゃんはお母さん似だったの？」

ここで初めてフォスターは携帯電話の画像コレクションをブラッシュに見せる。最初に見せたのは、お気に入りのルシンダの写真だ。次に、この十七年間に牛乳の紙パックに印刷された、エイジ・プログレッション技術を使ったルシンダの写真。年を追うごとに、ルシンダはアンバーそっくりになっていく。

小児性愛者の画像集も見せ、終わりの見えない追跡のここまでを説明した。ナチスの戦犯の行方を追うのに似ている。皮肉にも、いまは自分が追われる立場になっている。

ここに至って初めて、フォスターは動画をブラッシュに見せる。音のない、数秒の動画。監視カメラの不鮮明な映像、バースデーケーキの蠟燭なみに短いその動画には、誰かと一緒に廊下を歩くルシンダ、パーカー＝モリス・ビルの出入口から外へ出ていくルシンダが映っている。ルシンダは、ほんの少し年上の少女と手をつないでいる。十二歳くらいと見えるその少女、ルシンダより頭一つ分背の高い少女は、ルシンダを連れて通りに面した出入口を抜け、それきり永遠に視界から消える。

「ルシンダはずっときょうだいをほしがっていましてね」フォスターは、もう何年も前に監視カメラがとらえた短い動画を繰り返し再生しているブラッシュに言った。「新しい赤ちゃんを産んでよといつもせがまれていました。お姉ちゃんがほしいから、と」フォスターは話す。「お姉ちゃんは妹より先に生まれていなくちゃならないとわからせようとはしてみましたが」

ブラッシュは動画を一時停止した。年長の少女の顔が一番はっきり映っている瞬間だ。「この子、いまはどんな外見になっているのかしら」目を細めて粗い画像を見つめる。

フォスターはブラッシュの手から電話を受け取り、画面をスワイプして画像をめくった。「同じエイジ・プログレッションの技術者に頼んだんですよ……」電話を返して言う。「もちろん、費用は私持ちで」

画面には、二十代後半から三十歳くらいの女が表示されている。動画のもう一人の少女だと一目でわかるが、金色の髪は一段暗くなっている。顔の丸い輪郭がすっきりしている。その分、頬骨は高く、目はくっきりとして見える。美人だ。誘拐犯は美人だ。十二歳の子供を誘拐犯と呼ぶのは間違っている気がする。フォスター自身を誘拐犯と思うのも間違っている。百歩譲っても、これは相互誘拐事件だ。

ブラッシュは、成長した少女の写真を見る。長いあいだ見つめる。フォスターのグラスが空になってボトルに手を伸ばすまで。

フォスターがおかわりはとボトルを持ち上げてみせたとき、ブラッシュが言う。「この子、知ってる」

ナイフはミッツィのハンドバッグに入らない。刃が長すぎる。ドイツのラウファー・カーヴィングウェア製のナイフ。どこから来たのか考えたくもないが、フェデックスのクッション封筒に入ったままのそれをスタジオの小道具倉庫で見つけた。

傷口を接着剤で閉じたままの手首には、ペーパータオルを巻きつけてある。糸で縫合するのか、医療用ホッチキスで留めるのか、いまどきはどんな処置をするのか知らないが、とにかく何か処置をしてもらったほうがいい。

ところが、クリニックでミッツィ・アイヴズが見たのは、引越会社のバンだった。青いユニフォームを着た男の一団が、封をした段ボール箱をクリニックの玄関から運び出していた。

表通りに面した窓には〈入居者募集中〉の張り紙がテープで留められている。

上質なレザーシートを備えたドクターのダイムラーが通りの少し先に駐まっていて、そこにボストンタマシダの鉢が積まれている。そのシダは、待合室に一つだけの窓のプランタースタンドにあったときはあんなに小さく見えたのに、ドクターの車に積まれたいまは、バックシート全体を占領していた。

ミッツィはあわてず、騒がなかった。引越会社の男たちとさりげなく目を合わせて礼儀正しく小さな会釈をした。玄関で一団をやり過ごして、がらんとした待合室に入る。

男たちが気づいたかどうかわからないが、ミッツィは届け物に来たかのようにフェデックスのクッション封筒を持ち上げる。そのときドクターが診察室から現れた。コートに袖を通そうとしているところだ。まんまと逃げおおせる寸前だったドクターは、ミッツィを見てにやりと笑う。業者の一人が振り向くまで指をぱちぱち鳴らした。「そいつも」――メトラー・トレド社の台秤を指す――「倉庫に持っていってくれ」

業者は大きな台秤を苦労して持ち上げる。抱えて出口に向かう。その一瞬の空白、ミッツィはこれぞチャンスと見て取る。クッション封筒からナイフを出して握り、診察室のほうに振ってみせる。

ドクターはうんざり顔で天井を見上げる。刃物で脅すミッツィを見てあきれたように首を振り、診察室に戻っていく。

診察室は、同じ部屋とは思えない。完全に空っぽだ。シンクまでなくなっていた。上水管と排水管の切断された先だけが壁から突き出している。早くも塗装業者が来たらしく、下地のパテに真新しいこての跡が残っていた。ドクターはミッツィを招き入れてドアを閉めた。鍵をかける。ナイフを振り回す人間と二人きりで閉じこもる。「きみは私を刺さないよ、ミッツィ」ドクターは、きつく巻きつけられたペーパータオルを見る。まるで気遣うような声で訊く。「その手はどうした?」

ミッツィはナイフを少し持ち上げて言う。「刺さないって、なんでわかるのよ」

「なんでって」ドクター・アダマーは言う。「きみは臆病だから」ミッツィに近づき、傷ついた手首を取ろうと手を伸ばす。「きみは最悪の種類の被害者だ。悪役《ヴィラン》のつもりでいる被害者」

ミッツィはなされるがまま手を預け、ドクターはペーパータオルを剝がす。剝がしながら、ドクターは言う。「赦しを求めて私に頼るとは、ぞっとするね」傷が露になる。傷口はいまも接着剤の艶やかな薄膜で閉じられている。「まったく、こんなことをして」ドクターは言い、傷に優しく触れる。「おばかさんだな」静かに言う。「手首一つまともに切れやしないとは」

ドクターはすぐ目の前にいる。傷の具合を確かめようとして、ミッツィのほうにかがみこんでいる。ミッツィはナイフを持ち上げる。ドクターの喉に突きつける。研ぎ澄まされた刃を喉もとに押し当てる。「何も知らないくせに」ミッツィは言う。「あたしはね、人を殺したのよ。何十人も。先生には想像もできないようなやり方で」

刃から逃れようとするどころか、喉をいっそう刃に押し当てるようにして、ドクターは言う。「やれるものならやるといい」待合室のほう、引越業者がいるほうに首をくいとかたむける。「連中には気づかれないさ。そろそろ引き上げるだろうからね。さあ、私を殺すといい」

怖くなって、ミッツィはナイフを引っこめようとする。ところがドクターはなおも身をかがめた。皮膚の刃が当たっているところがへこむ。ミッツィはナイフを持った手をドクターとは反対のほうに伸ばす。臆病風に吹かれて、ミッツィは言う。「殺すけど、その前に質問に答えて」

ドクターはコートのポケットに手を入れる。〈救急箱〉と書かれたプラスチックの箱を取り出す。あらかじめナイロン糸が通された針をその箱から取り出す。ケチャップの小袋みたいなビニールの密封袋を半分に裂き、消毒用アルコールのにおいのするガーゼをそこから取り出す。

「手を貸して」命令するように言う。ミッツィが十代の少女だったころからしてきたように、ミッツィの手首をつかんで揺すり、「じっとして！」と言った。アルコールを染みこませたガーゼで接着剤の薄膜を拭う。アルコールのにおいが目に染みて涙が出る。アルコールの刺激が傷に沁みて、ナイフを取り落としそうになる。

ミッツィは人殺しだ。間違いない。最終波のフェミニスト。連続殺人鬼、人殺し。誰に言わせたってそうだ。

ドクターは傷のあるほうの手をしっかりと押さえ、からかうように言う。「情けないものだな。

きみは臆病だから、誰かが半熟卵を食べるのさえ見ていられない」偽物だった。このクリニックは作り物だった。何年もずっと、舞台のセットだった。

針が皮膚に突き通り、ドクターは訊く。「サイレンの音を聞くと犬が吠えるという話をしたね。覚えているかい」針が出ていき、ほんの数秒、糸がミッツィの手のなかを引きずられる。「サイレンの音をきっかけに、すべての犬が持つ群れの本能が発動する」ドクターは続ける。「原始の叫びだ。犬はそれを共有せずにいられない」

ミッツィは壁を見つめ、針はまた入る。出ていく。引っ張られた糸が皮膚の下を通り抜ける。

ドクターが言う。「人間にも同じ叫びがあったらと想像してごらん。詩人ウォルト・ホイットマンの〝野性の咆哮〟のような、それを聞けば誰もが原始の叫びを上げずにいられなくなるような叫び」針が入る。出る。糸が皮膚の下を動く。

ミッツィは顔をしかめる。糸が引っ張られ、自分が引っ張られているように感じる。ドクターの言葉に縛られた操り人形。凧や風船になったかのようだ。ドクターに操られる玩具。煙草のにおい、ドクターの皮膚に染みついた漂白剤のにおい。父親のにおい、ミッツィが数えきれないほどの錠剤をのんで忘れようとしたにおい。

「お父さんはすばらしい人だった」ドクターが言う。針が入る。出る。ミッツィのなかの何かが引っ張られる。「お父さんは、連綿と続く崇高なプロジェクトの男たちの最後の一人だった」

針が皮膚を突き通る。皮膚の下を通り抜け、糸を引きずって出る。「私がアドバイスするとしたらこうだ」ドクター・アダマーが言う。「赤ん坊と金を持って行きなさい。誰かが訪ねてくるだろう。来た人物に、最後の悲鳴のマスター音源を渡しなさい。赤ん坊と貯めた金を持って家を出て、どこか美しい場所で新しい人生を始めなさい」

動くのが怖くて、ナイロンの糸につながれて、ミッツィはそこから動けない。痛みは、ちくりとする痛みは小さくても、これだけの糸が通されていては、逃げようと動いたとたんに引きちぎれるのでは、ジッパーのように開いてしまうのではと怖い。

「きみは何一つしていない」ドクターは蔑みをにじませて言う。「汚れ仕事は何一つしていない。ただ、録音レベルやブライトネスの調整ができる。録音に奇跡の効果をもたらした。第三者を引き入れるわけにはいかなかったからね」糸が引っ張られ、皮膚がつられて伸びる。「だが、きみは誰一人殺していない」

ミッツィは声を絞り出す。「でも、殺したよ」汗でブラウスが背中に張りつく。汗の粒が腕の内側を転がり落ちる。

ドクターが深くかがみこみ、傷を負った手に温かな息が吹きかけられる。糸をしっかりと結び、歯を使って余分の糸を切る。それから言う。「いや。殺したのは私だ。きみは臆病だからできない。お父さんとは大違いだ」

ミッツィは壁を凝視するのをやめて自分の手を見る。縫い目が行儀よく並んで傷口を縫い留めていた。

最初に消えたのは、ペイデイのチョコレートバーだったとブラッシュは話す。どこに消えたのか、誰にもわからなかった。自動販売機が品切れになったのに、商品の補充が忘れられているわけではなかった。翌日、今度はスニッカーズがきれいに消えた。前の日まで販売機のなかの金属の螺旋にスニッカーズが並んでいたのに、その日は空っぽの螺旋になっていた。続いてピーナッツバターカップが消え、ピーナッツバターをあいだにはさんだオレンジクラッカーも消えた。

自動販売機にあるのは、昔ながらのレッド・ヴァインズのリコリスグミと誰もほしがらないチェリー味のライフセーバーズ・キャンディだけになる。それと、化石化したスキットルズのソフトキャンディ。

ブラッシュ・ジェントリーは、ビーンバッグチェアに座って物語をする。ブラッシュとフォスターは、パニックルームに籠城している。窓がない部屋、内気循環システムが全開で稼働する部屋にいると、いまが昼間なのか夜なのかわからなくなる。飲んでいるうち、いつしか身の上話をやりとりしていた。

ブラッシュは、ピーナッツが徹底排除された世界に毎日通った。かつて愛し、いまは失ったお菓子と入れ違いに、ピーナッツを取り上げられた喪失感から立ち直れずにいた六年生のクラスにある日、ロートン・テイラー・ケスラーという転入生がやってきた。

ブラッシュは、〝知ったことじゃないわよね〟という顔をした。「ふつうの生徒だった。特別なところなんて何一つない男の子よ」

ほかの子供と違っていたのは、ロートンの登校初日、お母さんのミセス・ケスラーが一緒に来て、同じクラスの生徒に話がしたいと申し出たことだった。先生はロートンに、あなたは廊下で待っていてと言った。

ブラッシュとクラスメートたちに向かい、ロートンはとても体が弱いのだとミセス・ケスラーは話した。ほぼあらゆるものに重度のアレルギーを持っている。なかでもピーナッツは大敵だ。クラスの全員にお願いしたいのは、ロートンが絶対にピーナッツに触れないよう気をつけることだ。どんな形状をしていてもだめだ。いや、それをいったら、ピーナッツを含む食品を製造している施設で加工あるいは包装された食品もだめだ。ロートンの母親、ミセス・ケスラーは、ピーナッツ酵素の分子に触れたら、それがたとえ目に見えないようなサイズであっても、免疫システムが反応して全身に症状が現れると話した。ロートンの肺は機能を停止する。舌は腫れ上がってロートンを窒息させる。

「ミスター・ケスラーはいなかったわ」ブラッシュは言った。「まあ、そうよね。あんな鬼ババなんだもの」

ブラッシュは髪を一筋、顔の前に持ってきて白髪を探し始めた。一本見つけるたびに不機嫌そうな顔をする。「ロートンはバスケットボールのコートの真ん中からロングシュートを決めたりするような子だった。スリーポイント・シュートよ。それだけでクラスの人気者になれたでしょうに、あんな母親がいたんじゃ友達なんかできっこないわよね」

ブラッシュはときおり話を中断し、立ち上がってタッチパッドのところに行ってエアコンを停めた。送風ファンが回る低い音が消え、ブラッシュは侵入者の気配を聞きつけたかのように耳を澄ます。ここはまるで要塞だ。核攻撃にも耐えられるはずなのに、ブラッシュはこそ泥を警戒している。そういった張り詰めた沈黙が訪れるたび、二人の呼吸で室内の空気はぬるく湿っぽくなる。

しばし耳を澄まし、耳を澄ましながら考えたあと、ブラッシュはエアコンをオンに戻してからビーンバッグチェアに座り直す。そういった小休止のあいだ、ブラッシュはこの話をどこまで聞かせていいか迷っているようだった。

ブラッシュが尋ねる。「ミュンヒハウゼン症候群って知ってる？」

フォスターはうなずく。「突拍子もない嘘をつく人のことだね。たいがいは自分の健康状態について」

ブラッシュは懐かしそうに微笑む。「ロートンをうちの夕食に招いたことがあった。でも、一口も食べなかったのよ。うちの料理が怖かったのね。母は気の毒がってた」

ピーナッツ以外にもアレルギーがあるのだろうなとブラッシュの父親は言った。たとえばハチ。ハチに刺されるとアレルギー反応が出る。父親の友達がオートバイで走っているとき、顔をハチに刺された。それまではアレルギーでも何でもなかったのに、このときは頬が一気に腫れ上がった。視野がぼやけ、喉がふさがって息ができなくなった。フリーウェイをかっ飛ばすような速度で走っているさなかのできごとだった。父親の友達はオートバイを路肩に寄せて急ブレーキをかけた。オートバイが停まるまでのわずかな時間に、自分の死が見えたという。現実が遠ざかっていき、路肩の砂利を踏んだオートバイが尻を振ってぐらつくのがわかった。目が見えず、息ができず、転倒した。強烈な痛みが脚を駆け上がってきたが、それでも友達は死ななかった。

医者の説明によれば、とブラッシュの父親は言った。友達はオートバイのマフラーの熱で脚に火傷を負った。骨まで届くような大火傷だ。それに反応して体内にアドレナリンがあふれ、アレルギー反応を止めた。その先の一生、足を引きずって歩くはめにはなったが、少なくとも命は失わずにすんだ。

代理ミュンヒハウゼン症候群ではないかと言い出したのは、ブラッシュの父親だった。ブラッシュと二人で食器を片づけているときのことだ。ロートンと食事をしたあと。ロートンが空きっ腹のまま帰宅したあと。代理ミュンヒハウゼン症候群は精神疾患の一つで、児童虐待の一形態でもある。これを患う親は、あなたは体が虚弱なのだと子供に繰り返し言い聞かせる。あなたはあらゆるものにアレルギーを持っているのだとか、病気のためにふつうの生活は無理なのだとか。十一歳の息子の脳には理解が追いつかない話だっただろう。

「わたしならロートンを治せると思った」ブラッシュは言った。

ビーンバッグチェアがざくざくと音を立て、ブラッシュが横向きに寝転がってフォスターをまっすぐに見る。「わたしだってね、生まれたときからエイリアンのクリーチャーに生きたまま食べられてたわけじゃないのよ。アイダホ州で育ったの」嘘じゃないと念を押すようにうなずく。

「山のなか。ジオードの産地」

子供のころは空いた時間があればハイキングやキャンプに出かけていた。「斧を持った殺人鬼にばらばらにされる人生を歩みたいなんて思ってなかったわよ」夢は宝石学者だった。

フォスターは笑った。「ほんとに？　宝石学者？」

「笑うことないでしょ」ブラッシュも笑う。「アイダホ州の別名は宝石州なんだから」

まだ笑いながらフォスターは言った。「すみません。あなたならさぞかし優秀な科学者に……」真顔で言おうとしても笑ってしまう。

ブラッシュが言った。「片岩や玄武岩や崖錐《がいすい》を見分けられたのよ」見かけによらず理科が大好きだった。そこである土曜日、ロートンを誘ってハイキングに出かけた。二人きりで。自分の分の弁当は自分で作った。ロートンの母親は、ナッツフリーでグルテンフリー、大豆フリーで乳糖フリーの弁当を作って息子に持たせた。「二人で登山道伝いにビーチ・マウンテンの頂上を目指した」

ブラッシュは無言でフォスターを見つめた。彼を試しているかのように、なかなか先を続けない。きっとフォスターが話の腰を折るか、話題を変えるか試しているのだ。あるいは、ちゃんと聞いているのか、話についてきているのか。フォスターは黙って先を待った。

ブラッシュが言った。「笑われるかもしれないけど、昔は野鳥を一目見れば種類がわかったんだから。声を聞いただけでどの種類だかわかった」

フォスターは笑わなかった。

「ディズニープリンセス気取りでもあった」思い出して自分でもうんざりしたように白目をむく。「プリンス・チャーミングは眠れる森の美女を口づけで目覚めさせたでしょ。同じようにロートン・ケスラーを救うつもりでいたのよ、わたしは」

その日の朝食に、ブラッシュはピーナッツを食べていた。掌一杯分のスパニッシュ・ピーナッツ。ビーチ・マウンテンの山頂に着いたところで、ブラッシュはロートンの腰を引き寄せて唇にキスをした。ロートンの体がこわばるのがわかったが、かまわずキスを続けるうちに力が抜けてキスに応えるようになった。ついに息が苦しくなって、二人は離れた。どちらを向いても森と草原がゆるく起伏しながら広がっている。上空をワシが旋回していた。二人はそのくらい山の高い場所にいた。

「結末は、『眠れる森の美女』とは違ってた。それより『白雪姫』ね。とくに魔女が毒入りのりんごを白雪姫に食べさせるシーン」キスはすてきだった。すてきなキスだった。ふたりはもう一度キスをした。ロートンはミルクの味がした。スポーツ万能の少年の味がした。ブラッシュは何も言わなかった。そのときは言わなかったが、胸が躍った。ロートンを治せはしなかったが、そもそも病気でも何でもないと証明してみせたのだ。

家に帰ったらすぐロートンに伝えるつもりだった。あなたは病気じゃないと。体が弱かったりしないと。ちょっとおかしなお母さんがいるだけのことだと。

ブラッシュ・ジェントリーは、ここでふたたび沈黙した。ちゃんと聞いているか、フォスターを試している。口をはさみ、崩壊した劇場に、クラウドファンディングに、何か無難な話題に変えてくれと待っているのかもしれない。

フォスターが黙っていると、ブラッシュは先を続けた。「登山道を下り始めてすぐ、ロートンの喉がぜいぜい鳴り出したの……」

〝ペン〟は持っていた。激しいアレルギー反応が出たとき、自分で薬を注射できるペン。しかしもう十月の下旬で、ハチがいるとは思えず、ピーナッツの心配もない。そこでロートンは、二人を登山口まで送ってきたブラッシュの家の車に、注射ペンを入れたジャケットごと置いてきていた。この日は暖かかったから、ジャケットはいらないと思った。

そこからの展開は、ロートンの母親が予言したとおりだった。ロートンの顔は生肉のように赤くなり、目や口の周りの皮膚が腫れ上がった。同一人物とは思えなかった。息ができず、シャツをかきむしり、真っ赤になった自分の胸や腕に爪を立てる、別人のような誰か。

ブラッシュは服を直してやろうとした。寒くないようにしてやりたかった。だが、裸の体や苦しげな様子におろおろするばかりだった。服で覆って見えなくすれば自分が及ぼしたダメージを隠せるわけではない。自分が町に戻って助けを呼んでくると言うと、ロートンはブラッシュの手にすがりついた。登山口は何キロも先だ。何時間もかかる。迎えにくる約束のブラッシュの父親がもう来て待っているとはかぎらない。

「一人にしないでって言われた」ブラッシュは言った。自分は死ぬのだ、ロートンはそう思っていた。腫れてふさがれた喉を出入りする息は、笛のような音を鳴らした。ここで死ぬのだとロートンは覚悟した。せめて一人きりで死にたくない。

ブラッシュは彼に手を貸して松葉の絨毯に横たわらせた。そのほうが楽だろうと願った。てんかんの発作と同じでありますようにと願った。しばらくすればけろりとするだろうと。しかしロートンの目は腫れて閉じ、口は、次の空気をどうにか吸いこもうとますます大きく開いた。胸が持ち上がり、空気をためたあと、悲鳴のような音とともに吐き出した。一つ息を吐くごとに、焼けるように腫れた喉から血のしぶきも吐き出された。

ビーンバッグチェアに深く沈みこみ、ブラッシュは口を閉ざす。その沈黙は、この恐怖の物語を最後まで話す許可をフォスターに求めているようだった。これはもはや、彼を楽しませるための、自分がどんな人間かわかってもらうための愉快な物語ではなくなっていた。いまブラッシュがしているのは、重荷を分かち合う行為だ。フォスターもこの先死ぬまで背負っていくことになる重荷。ブラッシュは彼に一方通行で押しつけておいて、それを受け取るか、拒絶するか、フォスターの返事を待っている。

「ロートンの目は腫れてもう開かなくなってた。なのに、腕を差し伸べてかすれた声で言ったの。〝パパ〟って」紫色に腫れ上がった唇が笑みを作り、ブラッシュは押し戻そうとしたのに、ロートンは起き上がろうとした。

「パパだよ！」ロートンは苦しげな呼吸の合間に言った。「助けに来てくれた！」

いくつかの言葉は、聞く前に心の準備をしておきたいのにとフォスターは思う。たとえば〝パパ〟。思いがけずその言葉が耳に入ると、腹を撃たれたような痛みを覚える。彼を苦しめるためだけに誰かがこの話をでっち上げたのだとしたら、この世の終わりみたいな痛みを感じるだろう。

十一歳のブラッシュには何も見えなかった。登山道の上りにも下りにも誰もいない。日没までそう時間がなかったが、ロートンを真っ暗闇で死なせるなんて考えたくもない。目の見えなくなった小学六年生の少年が、暗い森の奥で、一人きりで、死んでいくなんて。

自分が殺した少年の死体と一緒に夜の暗い闇に二人きりで取り残される小学六年生の殺人者。

まもなく自分がその殺人者になるかもしれないのだとは、そのときのブラッシュは考えもせずにいた。

そのときだ。父親の話を思い出したのは。オートバイ、ハチに刺された友達。彼女は、幼いブラッシュは、バックパックを開けてマッチを探し出した。ロートンの靴とソックスを片方だけ脱がせ、スラックスの裾をまくり上げて、一生の傷が残ったとしても目立たずにすみそうなところを露にした。これで助けられる。そう確信した。ディズニープリンセスではなく、ハンス・クリスチャン・アンデルセンの童話の誰かになる。マッチ売りの少女。しかし、マッチをすってロートンの脚に火を近づけたが、それは癒やしをもたらさなかった。ロートンは悲鳴を上げた。

フォスターはグラスの酒をがぶりと飲み干しておかわりを注いだ。

ロートンを救うどころか、マッチの火を近づけるたび、硫黄と焼け焦げた肉のにおいが広がるばかりだった。ロートンの足首の皮膚に水ぶくれができ、破れた。破れてじゅうと音を立てた。じゅうと音を立てて沸き立った。

ブラッシュは必死だった。一本残らずマッチをすってロートンを苦しめた。やがて火は燃えつき、周囲は完全な暗闇になった。マッチ売りの少女と、哀れな被害者。

ロートン・ケスラーを救う努力を放棄して、ブラッシュ・ジェントリーは彼の傍らに座って手を握った。「ぼくの犬だ」しわがれた声で、ロートンはうわごとを言った。「パパ見て。パパ、見て！」近づいてくるものは何もない。空が明るさを失い、入れ違いに風が強くなって木々を揺らした。木の葉が散って二人の上に降り注ぎ、二人はくすんだ黄色の層になかば埋もれた。

浮かされていたロートン・ケスラーは落ち着いた。ぜいぜいと鳴る呼吸がゆっくりになった。ロートンは訊いた。「ねえ、見えないの？」

ブラッシュには何も見えなかった。山では夜の足が速い。このまま野外にいて気温が下がり始めたら、ロートンだけでなくブラッシュ自身も命の危険にさらされる。

パニックルームで、ブラッシュの言葉は途切れた。こぼれ落ちかけていた言葉をのみこむ。長い沈黙が続けた。次に口を開いたとき、ブラッシュの口調は平板になっていた。フォスターが聞いていようがいまいが関係ないとでもいうように。

「お父さんも同じアレルギーで亡くなったんだってロートンは話した」ブラッシュは言った。父親のミスター・ケスラーが迎えにきているのだと。息子のあの世への旅に付き添うために来ている。犬たちも一緒だった。家族で飼っていた犬、ロートンがまだよちよち歩きだったころに死んだ犬。それでも犬たちは、ロートンを導き、安心させるために来てくれていた。

フォスターの脳裏に、監視カメラの映像が閃く。謎の少女、ルシンダの手を引いて安全な場所へ連れていこうとしているかに見える少女、実際にはおそらく死へと導いた少女。

幼いブラッシュ・ジェントリー、宝石学者を夢見る少女は、ずっとロートンの手を握っていた。その手がしだいに体温を失い、呼吸が弱々しくなっていくあいだもずっと。キスの件を打ち明けたかった。キスをする前にピーナッツを食べたこと、プリンス・チャーミングは口づけで眠れる森の美女を目覚めさせたことを。だが、ブラッシュには見えない犬や、そこにはいないお父さんの話を続けるロートンの邪魔はできなかった。ブラッシュの手を握るロートンの手は、ブラッシュをそこに縛りつける手枷となった。ロートンの体は重くて動かせなかった。ブラッシュは、夜通し吹く風が木々の枝を揺らす音は誰かが助けにきた音に似ていると知っていた。その同じ音が、アメリカライオンが殺しにきた音に似ていると知っていた。

自分の物語に打ちのめされた様子で、ブラッシュは言う。「だからなのよね、素っ裸でワニにばらばらにされてもしかたがないと思うのは」そしてラム・アンド・コークのグラスに手を伸ばす。

ミッツィは、ルビーがセットされた金のカフリンクスに手を伸ばす。

シュローが言った。「それじゃない。もったいない」そして付け加えた。「それは息子に譲りたい」マティーニのグラスを持ったほうの手で、緑色の石がはまった別のカフリンクスを指す。酒が揺れてこぼれた。「それを頼む。マラカイトのやつ」

そのカフリンクスは、さまざまなタイタックやタイピン、タキシードのシャツの予備のスタッドボタンや襟に飾る花と一緒に、シュローの寝室のドレッサーに置かれたベルベット張りのトレーに並んでいた。ミッツィがマラカイトのカフリンクスを手に取ろうとしたとき、ドレッサーの鏡に映った自分が視界をかすめた。

トレーを指さして、シュローが言う。「腕時計も、ピアジェはやめておこう。大事を取って、今夜はタイメックスにするよ」

鏡に映っているのは二十代後半から三十歳くらいの女だ。金色の髪は一段暗くなっている。顔の丸い輪郭がすっきりしている。その分、頬骨は高く、目はくっきりとして見える。美貌を取り戻しつつあるようだ。妊娠の副産物か。「あたし、人殺しに見える？」

鏡のなかのシュローがミッツィを一瞥する。「自虐するな」シュローは言った。「ハエ一匹殺せないくせに」ジャケットの袖口を引っ張り上げ、片方の手をミッツィのほうに伸ばす。

ミッツィはフレンチカフスを折り返し、穴の位置を合わせた。カフリンクスを通し、留め具を起こす。もう一方のカフリンクスを取る。

シュローはいぶかしむような目をミッツィに向ける。これは架空の話なのか、それとも罪の告白か。聞かなければよかったとあとで悔やむような類の話か。それから笑みを浮かべた。「笑わせないでくれ。汗染みを作りたくない」タキシードのジャケットに包まれた肉づきのよい上半身がもぞもぞと動く。

ミッツィはもう一方のカフリンクスを留めた。今日のように特別な夜に、父親の身支度を同じように手伝ったっけ。アカデミー賞の授賞式のような特別のイベントがある夜。父親と一緒に行ったことが一度だけあるが、二度目はなかった。その一度きりだった。二人が席に着くなり近くに座っていた全員が立ち上がって会場を出ていくのを見て、二度と行かなかった。みな急いで席を立ってロビーに移り、バーカウンターの上に設置されたテレビで授賞式の様子を見た。シートフィラーが、盛装した俳優志望が、空いた席をさっそく埋めにきたが、カメラを向けられたくてうずうずしているそのどこの誰とも知れぬシートフィラーでさえ、決まり悪そうに立ち上がって逃げるように席を離れるのを見て、ミッツィ・アイヴズは恥ずかしくなった。恥ずかしい思いができるのは子供だけの特権だ。テレビカメラは絶対にこちらを向かないとわかっていた。ハリウッドの名士たちが埋めているはずの客席に空席だらけの一角があると、この世の全員にばれるリスクを冒すはずがない。

だからミッツィは、連れていってと二度と父親にせがまなかった。それでも、父親のカフリンクスは留めた。ボウタイもうまく結べるようになった。そして今夜、シュローを同じように手伝っている。

寝室のテレビは、ドルビー・シアター前の群衆を映している。レッドカーペットに沿って階段状の座席が設置され、ところどころに待機している撮影クルーが来場のゲストをつかまえてはインタビューしている。

「親父さんなら」シュローは鏡に映った自分をじろりと見て言った。「おまえさんの親父さんなら、人殺しに見えなくもないな」

ミッツィはシュローのシャツのウィングカラーを立て、ボウタイを首に巻く。両端を顎の下で交差させ、左右のボウのバランスを整える。

問題の〝悲鳴映画〟は音響賞にノミネートされていた。音響が優れているから候補になっているのではなく、業界の政治学ゆえだ。それと、インペリアル劇場とデトロイトの劇場を足し合わせるとすでに三千人近いティーンエイジャーをコンクリートの下敷きにしたホラー映画を公開したわけではないと世間に証明するためだ。あれは積雪の重み、あるいは都心の一区画サイズのちっちゃな地震。記者は、自分の社のオーナーに指示されたとおりの報道をしている。

試写会が毎度、大惨事で終わったわけではない。ほかの会場では平穏無事だった。しかし人々を怯えさせ、劇場から遠ざけるには、二度で十分だ。

今夜の授賞式にはハリウッドの全住人が出席する。徴発された人間モルモット。ブランドから貸し出されたきらびやかな服と宝石をまとったスターが、信念を証すための自己犠牲として、件《くだん》の悲鳴のシーンをそろって鑑賞する。劇場で映画を観ても安全だと証明するため、それだけのために。

なのに、シュローの妻は、腰が痛いと言い訳した。行かずにすませるために。そしてシュローは、ルビーのカフリンクスを着けていこうとしない。ピアジェの腕時計も。息子は、シュローの息子は、下にいる。今夜の出席を禁じられて、地下室にいる。まだカブスカウトの年齢のモートは、目を泣き腫らしている。

ミッツィはボウタイをいつまでもいじる。左右のボウのバランスを整える。ぴんと張る程度にきつく、ゆるすぎてだらりと前に垂れてしまわない程度にきつく。ミッツィは言う。「あたしがヒーローになったときの話はもうした？」

誰にも打ち明けたことのない話だ。しかしシュローになら話しても大丈夫だと思えた。とくに今夜は。刑場に引き立てられていくも同然の今夜は。シュローを含め、ハリウッドの全住人があのレッドカーペットを歩く。集団墓地に向かうに等しいのに、顔に笑みを浮かべ、手を振りながら歩く。この話をシュローに打ち明けるくらい、大したリスクではない。「年下の女の子を助けようとしたの」シュローのタキシードの襟を指先でぴんと伸ばす。「街中のビルで会ったの。その子は迷子になってた」ベルベット張りのトレーから花を取り、ボタンホールに挿す。くちなしの花だ。単純な形をして、白くて、甘い香りがするくちなし。「あたしは十二歳だった。その子は、その迷子は、七歳だった。ほかにどうしていいかわからなかった」

こうして他人の身だしなみを調えていると、葬儀屋になった気分だ。死体の見栄えを調える葬儀屋の気分だ。

シュローは後ろポケットから財布を取り出す。クレジットカードを二枚と現金をすべて抜き出してドレッサーに置く。入っているのが運転免許証だけになった財布を後ろポケットに戻す。

ミッツィは自分のバッグから錠剤をひとつかみ取り、丸めた掌に載せてシュローに差し出す。シュローはそこから二錠取って少量のマティーニでのみくだす。さらに二錠取って、マティーニの残りでそれものんだ。「で」不安から解き放たれて、シュローは悠然とかまえている。気前よく酔っ払ったシュローは、自分の娘を見るように大きな笑みを作ってミッツィを見る。「で、おまえさんはどうやってその迷子のヒーローになったって？」

最悪の部分は話せない。運転手つきの車がシュローを劇場に送り届けようと待っているいまは。これからの数時間が彼の最後の数時間になるかもしれないのに、重荷を負わせたくない。

そこでミッツィはドレッサーから櫛を取ってシュローの髪の分け目をまっすぐに直す。横や後ろの髪に櫛を通す。そして口を開く。「その女の子をパパのところに連れていった」シュローの耳に落ちたふけを払う。顔を近づけ、自分の息とティッシュを使ってシャツのスタッドボタンを一つずつ磨く。「パパならその子の力になれると思ったから」

テレビでは、劇場の入口に早くも最初の車が到着していた。最初の出席者が降りてきてレッドカーペットを歩きだす。不安を押し殺すのにどんな鎮静剤をのんできたのか、唇は青ざめ、瞳孔が拡大しているように見える。宝石で飾り立てた、足もとの怪しいゾンビのパレード。ゆるみ、怯えきり、締まりのない笑みを振りまきながらレッドカーペットをよろめき歩く、ハリウッドの王族ご一行。

シュローもまもなく彼らと一緒によろめき歩き、あの劇場に吸いこまれる。人類史上もっともきらびやかな死の行進。

「で、どうだった？」シュローが訊く。「親父さんは、おまえさんが連れ帰ったその迷子の少女を救えたのか」

ミッツィはテレビを凝視する。これから生け贄として火口に投げこまれる処女といった風情の、透け透けの純白のドレスを着た若手女優がつまずき、カーペットに両膝から転ぶ。頬に涙があふれ出した。周囲から差し伸べられた救いの手は、宝石で飾り立てられた女優の手で振り払われた。フォーマルな服装をした警備員二名が両側から女優の腕をつかんで劇場入口のほうに引きずっていき、画面は満面の笑みのニュースキャスターに切り替わる。

ふと思いついて、ミッツィはまたバッグのなかを手で探る。こんどミッツィの手がつまみ出したのは錠剤ではなく、まだ封を切っていない耳栓のパッケージだ。どんな事態になろうと、何も聞こえなければ、シュローは助かるかもしれない。オデュッセウスが船の乗組員の耳を蜜蠟でふさいだように。セイレンの歌が聞こえなければ、シュローは運命を免れるかもしれない。ミッツィは、受け取るのが当然というようにパッケージを差し出した。

シュローは耳栓を見、次にミッツィを見たあと、受け取ってポケットに入れた。酔い、眠たげな目をしたシュローは、同じ質問を繰り返す。「で、親父さんは、おまえさんが連れ帰ったその迷子の少女をどうやって救ったんだね」


パニックルームは、部屋が五つにトイレと風呂を備えたバスルームが二つあって、パニックス、イート、と呼んだほうがよさそうだ。バスルームの片方にはビデまである。しかし、たまに家のほかの部分に物資を調達に出たりはしていても、閉所にこもって数週間もたつころにはストレスがたまって爆発しそうになった。ブラッシュが言っていたとおり、どれほど広かろうと、家一軒を世界と呼ぶにはせますぎる。

今夜、二人は並んでテレビをながめている。画面の奥で、ちらちら光る純白のドレスを着た若い女がつまずく。衆人環視のレッドカーペット上に両膝から転ぶ。

「この子、知ってる」ブラッシュは女優を指さして言う。「何とかって名前の子。例の南北戦争映画に出て、酷評されてた」

まもなく黒スーツ姿にミラー加工のアビエーター型サングラスで決めた警備員が来て女優の肘のあたりをつかんで立たせ、大劇場の入口になかば引きずっていく。男二人のあいだに力なくぶら下がった女優の足から、まず片方が、続けてもう一方の銀色のピンヒールが脱げて、レッドカーペット上に取り残された。

ブラッシュは嘲るような笑みを作って言う。「どうやら景気づけのカクテルを飲みすぎちゃったようね」

ハリウッドの王族の表情はどれもお世辞にも楽しそうではなかった。ほとんどはクスリのせいでぼんやりして眠たげで、足取りもおぼつかない。祈るように組んだ手にロザリオや数珠を握り締めて、静かにすすり泣いている者もいた。オスカー受賞が期待される何人かは、聖書を抱えている。どうして聖書なんか、とフォスターは首をかしげる。ギロチンに引き立てられていく死刑囚でもあるまいに。さすがのブラッシュも、これほど緊張感をみなぎらせたアカデミー賞授賞式は初めて見た。

テレビでは、有名なアクション俳優が大劇場の入口で凍りつく。図体のでかい制服姿の誘導係が二人来て、俳優を前に進ませようとするが、腕っ節の強い俳優はドア枠を両手でつかんで抵抗する。まるでどたばたコメディの筋書きのように、第三の誘導係が急ぎ足で来て、アクション俳優の形のよい頭に小ぶりな警棒を振り下ろす。俳優は気絶したらしく、その場でフォーマルな服の小山に変わる。華やかなアカデミー授賞式で、これほどオフビートな体当たりコメディをフォスターは初めて見た。ひょっとしてアカデミーは、新手の演し物でテレビの視聴率を稼ごうとしているのだろうか。

しばらくして、ブラッシュが叫んだ。「シュローが来た!」

フォスターは画面を見る。

「ほら」ブラッシュは言う。「例のベビーシッター映画をプロデュースした人」

フォスターはなおもよくよく画面を見る。げっぷでしゃべっているような声をした男がいた。ブラッシュはテレビのほうに身を乗り出して画面に触れた。行列のしんがりを務める友人、映画プロデューサーは、危なっかしくゆらゆら揺れている。「音響効果技師《フォーリー・アーティスト》を雇ってわたしの悲鳴を作らせたの」シュローはゆっくりと振り返ってメインのカメラのほうを向いた。まるでブラッシュをまっすぐ見ているかのような顔でこちらに投げキスのようなしぐさをしたあと、よろよろと入口を抜けてその奥に消えた。

# 第3章　パーフェクト・スクリーム

ブザーが鳴る。玄関のブザー、通りに面したドアのブザー。ミッツィがその存在をほぼ完全に忘れていた音。その音を最後に聞いたのは、遠い昔のことだ。

ここ何日も、ミッツィは在庫テープの点検に没頭していた。あの悲鳴のオリジナル音源を探している。オスカー授賞式のテレビ放送を見ていた人たちが聞いた、弱々しくて、オリジナルとは微妙に違ったバージョン、ネズミの鳴き声じみたその悲鳴は、数千人の叫びが合わさった遠吠えと、きーんと甲高いマイクのハウリングに瞬時にかき消された。効果から判断するに、オリジナルに忠実なコピーだったようだが、あの一件で失われた。

三千五百人の大脳辺縁系が同時に同じ反応をした。三千五百人が、同じ高さの声を出した。消防車のサイレンに反応して一斉に遠吠えする犬のように。それがシャンパングラスであるかのように、一つの建物を木っ葉微塵にするのにどんぴしゃりの周波数とボリュームの声を、三千五百人が出した。

ロック・コンサートで、二万の音楽ファンが同じ大脳辺縁系の波に乗るのに似ている。脳内の幸福な化学作用をみなで共有する。あるいは、スタジアムを埋めた五万のアメフト・ファンが、勝敗を決するタッチダウンの瞬間、大脳辺縁系の弩級のハイを共有するのにも似ている。家のテレビの前で同じ瞬間を目撃したとしても、一人きりではそのハイに到達できない。

ジミーの悲鳴は、人々の情緒反応を兵器化した。人々の恐怖に力を与えた。哀れなシュロー。携帯電話のランプがまたたき、新着ボイスメールが一件あると知らせた。シュローの番号からのメッセージ、あの夜届いたメッセージ。最後のさよなら。世界貿易センタービルから飛び降りる前に人々が留守電に残したような。携帯によると、ボイスメールの長さは五十三秒だ。シュローの人生最後の五十三秒。ミッツィはそのメッセージを聞けずにいる。いまはまだ聞けない。

もう何日も、ランプの点滅をそのまま放置している。

録音スタジオで、ミッツィは音声を消したテレビで追悼行事の中継を見ている。

ブラッシュ・ジェントリーは、ちらちら輝く白いシルクのスリップだけの姿でどこからともなく現れた。マスコミの注目と、中継を見ていた一千万の視聴者の注目を瞬時にかっさらった。一条の陽光を求めていた世界に、ブラッシュ・ジェントリーが与えられた。群衆をかき分けて救急車がそろそろと進んできた。カメラがとらえたブラッシュは、世間の注目を集めるよりよいチャンスを嗅ぎつけて追悼スピーチを中断した宗教指導者の腕のなかで、弱々しく手を振る。まるでピエタだ。カラーを着けた聖職者や顎髭をたくわえたラビやターバンを巻いたイマームに高々と抱え上げられる半裸の女。

ミッツィの目は救急車に運ばれていくブラッシュを追ったが、耳は音に集中していた。ヘッドフォンを着け、悲鳴を次々と再生していく。ほんの一瞬だけ再生すればもう、ジミーの悲鳴ではないとわかる。

ある悲鳴の断片を聴き、別の悲鳴にトラックを切り替える。そこにかすかに重なって聞こえたのは悲鳴ではなく、ヘッドフォンの外の音だった。一時停止ボタンを押す。ヘッドフォンを片側だけ持ち上げる。

死んだように音のしないスタジオに耳を澄ます。音の反響を殺すため、壁の裏のスペースに豆粒サイズの砂利を詰めてある。雑音は、ミッツィの頭のなかを行き交う電気信号のやかましい音だけ、生きている人間であることを裏づけるルームトーンだけだ。

テレビでは、警察が設置したバリケード前に人垣ができている。

ミッツィはヘッドフォンを両側とも着け直す。ところがまた別の音が聞こえてくる。悲鳴の向こうで、何かの音がしている。録音されたのではない音。

再生を停め、ヘッドフォンを取り、新たな音に耳を澄ます。

玄関の防犯カメラを確かめる。父親の形をした見知らぬ人間が立っている。訪問販売のセールスマンからサンプルケースをマイナスしたといった風だ。戸別訪問の宗教勧誘というほどお堅い服装ではない。ミッツィはインターコムのボタンを押す。「はい？」

男は視線を巡らせ、頭上の壁に設置されたカメラを見つける。「こんにちは。アイヴズ・フォーリー・アーツ社はこちらですか」

カメラに映った男はバディ・ホリー風の眼鏡をかけている。レンズはおそろしく分厚くて、その奥の目がフレームいっぱいに引き延ばされている。秀才風のスタイルの髪は横分けで、耳の上は刈り上げられていた。きちんとした靴を履いている。イケメン・カタログに並んでいそうな顔立ち。どことなく見覚えのある顔だ。ニュース映像で見たのだったか。カメラのほうに声を投げるようにして、男が言う。「悲鳴が入り用になりまして。おたくが一番だと聞いて来ました」

ミッツィの頭から離れないのは、人は誰しも自分の死を招き寄せるという考えだ。不幸のどん底で死を招き寄せる者もいるだろう。あとはひたすら下り坂で、もう二度と絶頂に達することはないと気づき、歓喜の、愛の絶頂で死を招く者もいる。

何年ものあいだ、場末のバーをはしごし、ビリヤード場で最低ランクの人間をあさってきたからだろう。だからこうして死がミッツィを訪ねて玄関に来ているのだ。眼鏡をかけた死が。

ミッツィはスタジオを横切り、廊下に出て、玄関のある一階へと階段を上った。ドアを開けるなり、ぎくりとする。これが双子のもう一人とでもいうのでないかぎり、この男をミッツィは知っている。

眼鏡の奥から、男の愕然とした目がミッツィを見つめる。表情は、息をのむ途中で凍りついている。

ニュースで見た男だった。ブラッシュ・ジェントリーを誘拐した、頭のイカれた犯人だ。

ブラッシュはフォスターの携帯電話に表示された顔を知っているが、名前は思い出せない。せめて少しは役に立とうと、ハリウッド周辺の音響スタジオのリストを作ってフォスターに渡す。歳月の忘れ物のようなスタジオは、どれも大昔から続いている会社ばかりだ。それから、万が一の場合、一人でこっそり戻れるよう、パニックルームへの入り方をフォスターに教えた。

そして藪から棒に、銀行と話をつけておくから、このまま堂々と暮らせるようにしておくからと約束した。

お返しに、フォスターは千五百ドルで買ったダッジ・ダートのシートから古びた粘着テープを引き剝がした。それをブラッシュの手首や足首に器用に巻きつけ、端を適度にほつれさせ、歯で嚙み切ろうとしたような跡をつけた。

通勤するカップルのように、車でハリウッドに向かった。ドルビー・シアター跡の巨大な穴の周囲で行われているマンモス追悼式の会場から数ブロック以内に車を駐めた。裸足に、持っているなかで二番目にいいヴィクトリアズ・シークレットのスリップという格好で、ブラッシュはフォスターにさよならのキスをした。何週間も引きこもっているあいだに、ブラッシュはフォスターの髪を何度か切っていた。フォスターもブラッシュの髪を洗ったり、根元を染め直したりした。体毛がからむ行為はすべて前戯であるゆえに、二人はパニックルームでセックスをした。暇つぶしのセックス。テレビも何もやっていないし、のセックス。

ストックホルム症候群のセックス。ただし、どちらがどちらを人質にしているのかについては議論の余地がある。

車中で別れのキスを交わし、ブラッシュはぎこちない足取りで、人々が集まって悲嘆に暮れているほうに向かった。センセーションを巻き起こすために。

彼のほうは、フォスターは、スーツケースから一番いいネクタイと、洗濯済みのシャツの最後の一枚を取り出した。何カ月も前、デンヴァーに行くつもりで結局行かなかったときに詰めた荷物。ひょっとしたら、ルシンダその人が邪魔をした旅行。リストを片手に、フォスターは音響スタジオ巡りを始めた。何軒か目のアイヴズ・フォーリー・アーツ社は、細い裏通り、裏路地と呼ぶのが似合いそうな裏通りにあって、真向かいにはアジア料理の店とタイヤ倉庫が並んでいた。車は大型ゴミ容器のあいだに押しこんで駐めるしかなかった。

コンクリート壁に〈アイヴズ・フォーリー・アーツ〉の表札がボルト留めされていた。塗料にはぷつぷつと気泡が浮き、表札の半分くらいは上からスプレー塗料の落書きがされていた。見つけるのに少々時間がかかったが、ドア枠にボタンがあった。それを押す。が、なかからは何の気配も伝わってこない。それもしかたがないだろう。建物は何層も重ねた分厚いコンクリート造りと見えた。建てられて相当の年月がたっていそうなのに、型枠の木目がコンクリートの表面にまだくっきりと残っていた。

もう一度ボタンを押した。ドアの奥は静まりかえっている。

大型ゴミ容器から悪臭が漂う。通りに駐まっているのはフォスターの車だけで、ここは安全だろうかと不安になる。親指でまたボタンを押す。

今回は応答があった。「はい?」女の声だ。その声は上から聞こえた。そこで顔を上げると、ドアの上の壁にカメラが設置されていた。ネクタイに手をやってまっすぐに直し、カメラに向かってはっきりとした声で言った。「悲鳴が入り用になりまして。おたくが一番だと聞いて来ました」

ちっちゃなスピーカー越しに聞く女の声は、雑音まじりの機械音声のようだ。

そのまましばらく音は途切れた。足音はしない。なかから呼びかける声もしない。ようやく金属同士がぶつかる音が聞こえた。本締錠が回転する音。頑丈なかんぬきがすべる音。ドアチェーンを解除する音。ドアが内側に開く。

二十代後半、ひょっとしたら三十歳くらいの女が、戸口に立っていた。髪は金色だが、フォスターが想像していたよりも一段暗い。あれから歳月が流れたいま、この女はルシンダを連れ去った少女ではなく、ルシンダを連れ去った少女の姉だ。フォスターの気のせいかもしれないが、女はぎくりとしたようだった。女の目は見開かれ、食いしばった歯が見えた。

気まずい一瞬のあと、女は手を差し出す。「こんにちは」

ダークウェブの画像をどれほど見ようと、これは想定外だった。小柄な、妊娠中の女。見るからに臨月の女。ヘッドフォンを首にかけ、長いケーブルをうしろに引きずっている。

長年ためてきた怒りが、手からあふれ出しそうになった。そいつに生きたまま火をつけてやろう、我が子を盗んだ人間の生皮を剝いでやろうという計画、激しい怒りが、一瞬、指先からほとばしりそうになった。拳を振るい、この女の頭の骨を粉砕してやりたい。女は、監視カメラの映像の少女、ルシンダを連れ去ったあの少女と背格好がほとんど変わらないように見えた。

それでも彼の手は女の手を握った。二人は握手を交わし、手を離す。フォスターは声を絞り出した。「私はゲイツ……ゲイツ・フォスターです」

「初めまして」戸口の女は言う。「ミッツィ・アイヴズです」

ミッツィは来客を招き入れた。コンクリートの階段を下り、録音スタジオに案内する。男はゆっくりと首を巡らせて機器を一つずつ見る。あり合わせの音響機器をつなぐ、複雑にからまり合ったケーブルやコード。まるで洞穴だ。仄暗い天井から束になって下がっているマイクは鍾乳石。いくつかのグループに分かれて立てられたさまざまな高さのフロアマイクは石筍。スタジオの中央を大きな作業テーブルが占領している。壁の二つはミキシングコンソールがほぼ占領している。つまみやスイッチやメーターが層をなしている。メーターの針はせわしなく揺れ、二人の足音の一つひとつ、息遣いの一つひとつを記録している。

男のあとをついて歩きながら、ミッツィは優しく叱るように言った。「ごまかそうとしたって無駄だから」

あちこちをのぞいて回る男をミッツィは目で追う。「あたしを勧めた人たちも知ってるはず。あたしは悲鳴のライセンスを販売してるの。オリジナル音源は誰にも売らないってこと」

フォスターという男はスタジオをぐるりと一周する。顔を上に向け、高々と積み上げられた機器、時代遅れのアナログばかりの機器に驚嘆の目を向け、熱せられた真空管の焦げたようなにおいや遠い記憶のようにかすかな漂白剤のにおいを嗅ぐ。それから言った。「すみません、何をおっしゃっているのか私にはさっぱり」

ミッツィはせりふを教える黒子のように言う。「連綿と続く輝かしい男たちのすばらしき発明品の話」ミッツィは〝男たち〟で軽く顔をしかめた。

男は、フォスターという男は、肩をすくめる。この男がシュローを殺したのだ。ドルビー・シアターにいた全員を殺したのだ。動機がどうあれ、この男は業界をまるごと虐殺した。

ミッツィはコンソールに近づき、ネットから印刷した大量の紙の束を手に取る。「共振が引き起こす惨事」ミッツィは言う。「あなたの狙いはそれでしょ」一八五〇年にフランスのアンジェ橋で起きた事故の記事を読んだ。歩兵隊が歩調を合わせて吊り橋を渡っていたところ共振が発生し、大揺れした橋が落ちて二百名以上が亡くなった。ミッツィはその事件のプリントアウトを振ってみせる。一九八一年にカンザスシティのハイアットリージェンシー・ホテルで起きたスカイウォーク落下事故も滔々と語った。ダンス・コンテストが行われていたロビーで大勢が同じリズムで踊ったのが原因で、空中通路が崩落し、百十四名が死亡した。

ミッツィは椅子を引き出して向きを変え、そこにフォスターを座らせた。コンソールの上の七宝焼のソーサーからアンビエンを一錠つまんで口に入れる。なめらかで柔らかな期待どおりの感触を舌で確かめたあと、奥歯で嚙み砕き、ペースト状にすりつぶす。ボトルを持ち上げる。次のボトルを持ち上げる。さらに次のボトルを持ち上げた。ようやく中身が入っていた。コルク栓を押さえているワイヤ栓をゆるめ、ホイルを剝がしながら訊く。「シャンパンはいかが」

フォスターという男は目をそらす。

ミッツィは言う。「あなたがどうしてここに来たか、あたしは知らないだろうなんて思わないでよね、ミスター・スパイ工作員」ぽんと音を立ててコルク栓を抜く。「やり残した仕事を片づけにきたんでしょ。そのやり残しの一つがあたし。違う？」コンソールの上、ミッツィの肘のすぐ横にプリントアウトが積み上げられている。ミッツィはそれを肘で押す。紙が落ちて床に散らばった。

棚からシャンパングラスを三つ下ろし、一つずつ埃を吹き払う。大きな腹を抱えて肌寒い地下スタジオをよちよちと歩く。汚れたグラスにシャンパンを注いで男に差し出す。男は受け取ったが、飲もうとしない。

ミッツィは自分のグラスからシャンパンを飲み、毒など入っていないと証明してみせる。シャンパンと睡眠薬。赤ん坊はその二つで成長中だ。

フォスターという男がシャンパンを一口飲む。唇に、グラスの埃が筋になって残る。男は〝何の話かわからない〟と言いたげに肩をすくめる。「『血みどろベビーシッター』という映画で使われた悲鳴がこちらにないかと思って来ただけですよ」

玄関のブザーがまた鳴る。モニターを確かめると、新たな画像が映し出されている。建物の表玄関のすぐ前の歩道をとらえた画像だ。若い女が立っていた。波打つ黒っぽい髪は、ちょうど肩に届くくらいの長さだ。首もとには、ほのかに輝く天然真珠の二連ネックレス。玄関前の来客はドア枠のボタンをまた押そうと指を一本持ち上げた。

「ごめんなさい」ミッツィは言う。「約束があるの。録音の仕事」ミッツィはマイクのほうに身を乗り出して言った。「どうぞ、入ってください」ボタンに軽く触れる。階段のてっぺんにある玄関ドアが開く。階段を下って、足音が近づいてきた。

現れた女優と、ゲイツ何とかという見知らぬ男は、互いを一目見たとたんに凍りつく。女優は一瞬ためらったあと、一歩進み出た。手を差し出し、はっきりとした声で言う。「メレディスです。メレディス・マーシャル。こちらにはオーディションでうかがいました」

フォスターは握手に応じた。次の瞬間、女優の握手が力強すぎて指が折れたかのように手を引っこめる。

ミッツィはコンソールから三つ目のグラスを持って戻る。それを差し出しながら言う。「せりふのテストの前に、一杯どうぞ」

二人を引き合わせないままですませようと、ミッツィは冷ややかな声で言った。「ミスター・フォレスターは……」

「フォスターです」男が訂正する。

ミッツィは言い直した。「ミスター・フォスターはちょうどお帰りになるところだから」

フォスターは辞去した。そうするしかない。あの場で、あのルシンダに、その音響効果技師は誘拐犯なんだ、もしかしたらそれ以上の凶悪犯だぞなどと話したら、我が子は永遠に見つからないままになるだろう。それにあのルシンダが彼の話を信じるわけがない。なんといっても自分を銃で脅した男なのだから。自分に屈辱を与えた男なのだから。

だからフォスターは音響スタジオを出た。高台にある差し押さえられた家に戻った。正面玄関を覆い隠しているベニヤ板を剝がした。埃の積もった広大な部屋をいくつも通り抜けた。パニックルームの固定電話を使い、いまではもうすっかり暗記している番号にかけた。

相手が出た。「タレント・アンリミテッドでございます」

フォスターは言った。「どうも。会員番号４４７１です」

相手は、男の声は、パスワードを尋ねた。

「ポットロースト」フォスターは答える。

男の声にふいに親しみがこもる。「ミスター・フォスター、本日はどのようなご依頼で」

「いつもの彼女の件で」フォスターは言う。パニックルームのテレビをつける。音声を消す。

「いつも頼んでいる女優の件で」

電話の向こうからキーボードの音がして短い沈黙を埋める。テレビでは、ブラッシュ・ジェントリーが病院のベッドで上半身を起こしている。ベッドは花束で埋め尽くされている。蘭と薔薇の海。ルシンダの葬儀が目に浮かぶ。

電話の向こうから男が言った。「すみません、ミスター・フォスター。いつもの彼女には別の依頼が入っていまして」

テレビに映るブラッシュは、乙にすました顔で目をしばたたく。腕に点滴の針が刺さり、そこから透明のチューブが伸びている。どんな鎮静剤を投与されているのか知らないが、ブラッシュは柔らかでくつろいだ表情をしている。頭が一方にかしいで、美しい首筋と、レースのベッドジャケットの襟ぐりからのぞく谷間が露になる。「だから電話したんだ」フォスターは言った。

「あの子が怪しげな人間と一緒にいるのを見た。犯罪に巻きこまれかねない」

テレビ画面の最下部を流れていくテロップは、ブラッシュの治療費を集めるクラウドファンディングの支援金額が三百万ドルを超えたと伝えている。

電話の男は笑った。「いやいや、怪しいどころか、まっとうなオーディションに行ってるんですよ」

病院のベッドのブラッシュは、腕いっぱいの百合を受け取った。顔もしぐさも優雅で、感謝の念にあふれている。鎮静剤はよほど強力なのだろう。ブラッシュは自分はまだ生きていると確かめるかのように頬や唇に何度も手をやる。記者たちは、質問に答えるブラッシュの声が小さすぎて聞き取れないとでもいうようにすぐ近くまで身を乗り出している。

受話器を肩で支え、フォスターはあの女に、最新のルシンダに、あるいはメレディスにメッセージを送る。誰からも返信はない。

「わかります?」電話の向こうから男が言う。「彼女にブレイクのチャンスが来たってことです」ある配役担当から電話やメールで問い合わせが来たのだと男は説明する。牛乳の紙パックに印刷されている行方不明の女の子と同年代、同じ外見の女優を探しているという問い合わせが。

ベッドの上の女が目を覚ます。ゆっくりとまばたきをする。唇がばかっぽいゆるんだ笑みを描く。むき出しの腕と脚がねじれ、伸ばされ、手首と足首をベッドの柱に縛りつけているロープがぴんと張る。

ミッツィはシュアのボーカル用マイクSM57を下げ、女の唇ぎりぎりまで近づけた。そのすぐ隣で時代の遺物みたいなリボンマイクも待機している。別の方向からスープカンマイク。上からはショットガンマイクも下がっている。マイクはそれぞれ専用のプリアンプに接続されている。プリアンプのVUメーターの針が跳ねる様子を見ながら、女が話しだすのを待った。

女が口を開き、針がひくついた。「これ、本番?」ミッツィに向け、水中にいるみたいなスローモーションのウィンクをする。顎を持ち上げて首を横にかたむけ、自分の露な胸を、一糸まとわぬ体を見下ろす。

ミッツィはマイクをわずかに近づける。「おしゃべりしてたら途中で寝ちゃったのよ、あなた」モニターを確かめたあと、マイクをわずかに遠ざける。「音量レベルを調整したいの。朝ごはんに何食べたか教えてもらえる、メレディス?」

鎮静剤が抜けきらずにぼんやりしたまま、女は顔をシュアのマイクに近づけた。近すぎて寄り目になったまま話し始める。「アーモンド……ヨーグルト……」

ミッツィはアンビエンをまた一錠嚙み砕き、舌に残った味をシャンパンで洗い流す。ルームトーンを調整し直したほうがいいだろうか。

ミッツィはかまわず話を始める。「ねえ、〈ウィルヘルムの叫び〉って知ってる?」女の視線がミッツィの目を探し当てた。

女は首を振る。

ミッツィはいつもの講義を始める。平凡な人々は自分のすべてを譲り渡し、自分の生と死からいかに巨額の利益が生み出されるかを知ることはない。いまや人生のもっともプライベートな瞬間でさえ複製され、商品として販売されている。

女はくすくすと笑った。「例外もある」そう女は言う。手足を拘束しているロープを引っ張る。抵抗するというより、限界まで引っ張って筋肉をストレッチしているだけだ。「たとえばワイリー・グスタフソン」女はそう続け、メーターの針がジャンプする。

呂律の回らない発音で、女は話す。一九九〇年代、一人の売れないカントリー歌手が成功を求めてロサンゼルスに来た。ヒップホップとラップが幅をきかせる世界に、その歌手のヨーデルを取り入れたカントリー音楽が入りこむ余地はなかった。ときおりコマーシャルの仕事を単発で引き受けていたが、そのなかに、スタートしたばかりのあるテック企業の依頼で録音した三音構成のヨーデルがあった。二次使用しないことを条件に、およそ六百ドルの報酬を受け取った。二年後、スーパーボウルのテレビ中継を観ていたカントリー歌手は、自分のヨーデルを耳にした。著作権に強い弁護士を雇い、五百万ドルの賠償を求めて訴訟を起こした。現在、彼は和解金で購入した広大な牧場を経営している。

女は夢見るような目で微笑む。「自分の馬に〝ヤフー〟って名前をつけたんだって」

ミッツィも微笑まずにいられない。ハッピーエンドのハリウッド物語もあるのだと思うとうれしくなる。立場の弱い側が勝利を手にした事例。

ミッツィは一方の手にラテックスの手袋をはめる。メーターの針が脈打つように小さく震えるのを見ながら、もう一方の手にも手袋をはめ、髪をまとめて布の手術用キャップに押しこむ。グラスにおかわりのシャンパンを注ぎ、アンビエンを一錠口に入れてから何口か飲む。

いつもどおりの副作用が現れた。躁状態だ。ミッツィは手を伸ばしてショットガンマイクを少しだけ女の口に近づける。「朝ごはんにほかに何を食べたか教えてもらえる？」

息遣いほどの静かな声で、女は言う。「ブラックコーヒー……」

ミッツィは気泡ゴムの耳栓が入った小型のビニール袋を開封する。ラテックスに覆われた指で一つをねじって小さくし、耳の穴に入れる。腹のなかの小さな他人が身動きをし、足をばたつかせる。

ミッツィは速達便の封筒を開け、ナイフをくるんでいる緩衝材を剝がそうとしている。やらなくてはならない。この背筋が凍るような行為をやりおおせるのか、確かめなくてはならない。

メーターは、メーターの針は、音の一つひとつを拾って控えめに跳ねた。

ミッツィはまどろみかけた女の肩を叩いて起こす。女の視線をとらえて言う。「あなたが演じる役の名前は〝ルシンダ〟……」

女の目が大きく見開かれる。顔から血の気が引き、一瞬で眠気が吹き飛ぶのがわかる。ロープから逃れようと、今度は本気で手足をよじる。

静かにと言い、リラックスしてと言い聞かせながら、ミッツィは続ける。「あなたのせりふは……言ってもらいたいせりふは、〝助けて！　パパ助けて！　やめて！　助けて！〟」

女の息遣いは浅く、速い。女は訊く。「せりふを言うキューは何？」

それをキューに、ミッツィは大きなナイフを女の目の前に掲げる。

そんなわけで、そのフォーリー・アーティストとやらは、フォスターを仕事にかからせる。在庫の悲鳴を買いたいと言うと、女はフォスターをコンソールの前に座らせ、ヘッドフォンを彼の頭に載せた。山ほどのテープをどこからか抱えてきて手の届く位置に置き、リールのセットのしかたを教えた。百年を超える歳月分の悲鳴を残らず聴くのがフォスターに課されたタスクだ。

フォスターは、女優のルシンダのことを尋ねない。ミッツィという女を警戒させ、信頼を失うわけにはいかない。女の首もとには天然真珠の二連ネックレスがあって、フォスターは怒りに煮えくり返る。

女はリールを軸にはめこみ、テープを引き出してセットした。「残してもらいたい悲鳴は一つだけ」女はフォスターに言う。音量つまみを気にしていたフォスターの注意を引いて続ける。「激痛に耐えかねて叫ぶ男の声。マジでいますぐ死にそうな絶叫」女は力をこめて言う。「悲鳴が最高潮に達した瞬間、ガラスが割れる音が聞こえる。ボトルとワイングラスが割れる音」

それ以外の在庫は要らないからと女は言い、さよならというようにひらひらと手を振る。それ以外の悲鳴は売れ残りだ。無価値だ。

それから、リールをまた山ほど抱えてくる。さらにもう一山。コンソールの上にリールの山脈が築かれ、どのリールからもテープのヘッダー部分が垂れ下がる。それでも、そのへんで山をなしている箱やファイルキャビネットに詰まっている単なる切れ端とは違う。

そこでフォスターはヘッドフォンを着けてスイッチを入れる。まずはテープの走行音が流れ、次にその音の高さが変わったかと思うと、腹の底から絞り出されたような叫び声が聞こえて、フォスターは思わず跳ねるように立ち上がる。その勢いで椅子が後ろに倒れる。

隣に座った女、肘と肘が触れるくらいすぐ隣に座って自分のテープの山に耳を澄ましていた女、ミッツィという女は、フォスターに代わって照れを隠すように首を振って小さく微笑む。

どの悲鳴も一瞬で終わり、テープの余白の走行音がそれに続く。ときどき、男の声が何やら指示をするのが聞こえる。かならずしも同じ男ではないが、これから叫ぼうとしている人物に明確な指示を与える。そして悲鳴が聞こえる。甲高く、耳を刺すような、長々しい悲鳴。あるいはかすれた、涙まじりの悲鳴。

テープノイズの高さが変わる。新たな悲鳴の前触れだ。我が子の声を探して耳を澄ます。テープ編集室の会話を盗み聞く。拷問の前や後のやりとりの断片。拷問あるいは素人くさい芝居の前や後の。

テープの走行音の高さがまた変化し、フォスターは次の急襲を予期して身がまえる。予想に反して聞こえてきたのは、女の話し声だった。

「そうよ、シュローと寝てるわよ」女が言う。その声は、その明瞭さが、いまこの瞬間の現実に置き換わる。いまここに存在するのはこの過去の女だけで、その女はわめく。「いいから早くほどきなさいよ。ほら早く！」女はわめく。「あれが自分の子供だと思うわけ？　笑わせないで！ちっちゃくて美しいあの子はね、シュローの子なの！」

フォスターはミッツィのほうをすばやく盗み見る。テープを聴いては消去しているミッツィ、フォスターのヘッドフォンのなかで進行中のドラマに気づかずにいるミッツィ。このシーンを聴かせたらおもしろがるかもしれない。だがきっと、さらなる駄作をほかにいくらでも陳腐なワン聴いたことがあるだろう。

悲鳴はいつまでも続く。不敬な言葉、意味不明の音の羅列。「覚えていなさいよ、ウォルター！」古い陳腐なメロドラマの再放送かと思うようなせりふ。とうに忘れられた三流映画の退屈な会話。女の悲鳴は弱々しくなり、やがて消えた。それでもフォスターは笑わずにはいられない。そのセクションの頭出しをする。消去のボタンを押す。

ワイヤの長さが足りて、ミッツィは胸をなで下ろす。スプールに巻かれていたワイヤは録音スタジオのコンソールを出発し、いくつもの倉庫を経由して、ロッカーまで届いた。そこで、ミッツィはドレスを見つける。

さすがのアンビエンも、古い記憶を完全には消し去れない。その生地のにおいは、ほかの何よりも手堅く記憶のトリガーを引く。ナイロンのチュールと、経年劣化でごわついたアセテートのサテン地。煙草の煙とヘアスプレーのにおい。防虫剤のにおいは、ミッツィの母親の最後の記憶を毒し、同時に保存している。

携帯電話のランプはまだ点滅を続けている。シュローの最期の言葉、いまだ再生していない言葉。

オスカーの授賞式の夜、ミッツィは初め、勇敢だった。だが、そこから先は覚えていない。

ミッツィはまず、ドレスを着て授賞式をぶち壊しに出かけた。ヒーロー役を演じたくない人間がどこにいる？

劇場に入るのは、レッドカーペットのしきたりを素通りするのは、楽勝だった。警備員たちは、劇場に入ろうと試みる人間を止めるのではなく、人々をホールに閉じこめておくほうに神経を集中していた。おまけに、存在しない女を止めようとする者はいなかった。警備員でさえ、ミッツィを見て見ぬふりをした。ミッツィはまるで透明人間だった。変装の必要がなかったなら、あんなドレスは着なかったのに。ドレスは、スカートのなかにスカートがあって、そのスカートのなかにまたスカートがあるデザインだった。乾ききった白いサテン地が何層にも重なっていた。ドルビー・シアターの通路を行ったり来たりしながらシュローの名を叫ぶミッツィは、幽霊のごとく、誰からも見向きをされなかった。シュローの名を呼び、耳栓をして一緒に逃げてと呼びかけた。

首には、ダイヤモンドのネックレスではなく、ノイズキャンセリング・ヘッドフォンを着けていた。スカートを持ち上げたミッツィが歩き回っていても、誰もが頑として目を合わせようとしなかった。弱々しく震える笑顔と、解体処理場に閉じこめられた畜牛の血走った目をした人々の誰一人、目を合わせようとしなかった。

業界の誰にも相手にされないミッツィは、叫んだ。「シュロー！　何も死ぬことないでしょ！」

真実を予言しても相手にされない悲劇の王女カッサンドラのミッツィは叫んだ。「一緒に来て。

あたしの手を取って！」

ステージ上では、裸足の若い女優がオスカー像を握り締め、マイクを前に泣いている。泣きじゃくりながら、女優は言う。「こんなものいらない」オスカー像を振ってみせる。「それより死にたくない！」オーケストラがファンファーレの演奏を始め、女優はさらに大きな声を張り上げる。音楽がその声をかき消し、女優はオスカー像を高々と持ち上げる。高々と持ち上げて、ぴかぴか光る金色の像を投げつける。像は派手な音とともにバイオリン・セクションに落ち、それを合図に二人組の男が女優のむき出しの華奢な肩をつかんで舞台袖に引きずっていく。

よく通る声が轟き渡り、音響賞のノミネート作品を紹介する。場内の照明が暗くなり、映画の一場面が始まる。客席を埋めた人々が一斉に息をのむが、例の悲鳴ではなかった。

そのときだ。薄暗がりの奥から声が聞こえた。「ミッツィ、ベイビー・ガール、頭がイカレたか？」その低い声は、シュローの声だ。割り当てられた席、通路から少し奥の席に座っている。ミッツィは突進した。有名人の膝をまたぎ越えていく。シュローの毛むくじゃらの手首をつかみ、強引に立ち上がらせた。

幽霊のミッツィは叫ぶ。「助けにきたの！」

二つ目のノミネート作品の一場面が始まる。これも悲鳴ではなかった。観客席から大きな安堵のため息が漏れる。

シュローはミッツィの手を振り払おうとするが、ミッツィはしっかりと握って離さない。このまま引きずってでもシュローを安全な場所に連れ出すつもりだった。

そのときだ。世界が破裂した。何かが、アンビエンとアルコールを合わせたよりもなお大きな何らかの力が、ミッツィに襲いかかった。誰一人救えなかった。次に何が起きたのか、ミッツィは思い出せない。翌朝、くらくらしながら目を覚ますと、そこはハリウッドのどこかの裏路地で、ミッツィは白いドレスを着たままだった。

首がずきりと痛んだ。携帯のボイスメールが、手がかりを示すランプが、点滅していた。いま、ミッツィはロッカーに下がっているそのドレスをしげしげと見る。それは、チュールとサテン地のフリルの連なりは、ふいに激しく燃え上がる可燃物だ。火を噴くキューを待っている可燃物だ。爆弾の導火線にぴったりだ。ミッツィはぱりぱりに乾いたスカートに小さなワニロクリップを留める。そのワニロクリップにワイヤを接続する。そのワイヤは、ミッツィの最後の審判の日のシナリオまで延々と伸びている。

フォスターは、その番号にもう一度電話をかけてみる。ルシンダの番号に。メレディス・マーシャルの番号に。いずれの女も応答しない。

犬たちの吠え声が夜空から救急車を召喚する。力を合わせればやれるというように、同じ建物に住むポメラニアンにチワワ、フォンテイン・コンドミニアムに住むコーギーにダックスフント、犬という犬が遠吠えし、やや遅れてサイレンが聞こえてくる。サイレンは点滅し回転する赤と青の光を作り出す。光は救急車を先導してコンドミニアムのエントランス前に横づけさせ、救急車は歩道際でアイドリングする。

通りの向かい側のビルに明るい光の四角形が映り、そのなかで人影が一つ、ワインを飲んでいる。鏡像のミッツィはアンビエンを一錠つまみ、影の舌に載せる。影のグラスをかたむける。空になるまでかたむける。

最後の録音セッションがあれからどうなったのか、ミッツィは知らない。例によって、ミッツィがはっと目を覚ますと女優は消えていた。血の痕はなかった。死体もなかった。それなりの長さのテープが一方のリールからもう一方に巻き取られていたが、誰かを切り刻んでいる自分の声を聴く勇気はいまのところない。消えかけた最後の痣を隠している真珠のネックレスにそっと触れる。このネックレスがどこから来たのか、ミッツィは知らない。

窓の外に目を向ける。真向かいに映ったミッツィがイヤフォンを装着する。母親に関する手がかりを探して耳を澄ます。父親の死を解き明かす手がかりを探して。テープのどこかに残っていて、ミッツィの記憶にある空白を埋めるようなよけいなおしゃべりを探して。自分の人生はなぜこんなことになっているのか、その疑問を解決する答えを探して。下の通りでは、救急隊がストレッチャーを下ろし、エントランス前の階段をがたごとと上っていく。

真向かいに映ったミッツィは、ワインのおかわりを注ぐ。影の指がメディアプレーヤーの再生ボタンを押す。頭のなかに声が響く。子供の声だ。その声が、いまこの瞬間の現実をかき消す。

明るい声、明るくて澄んだ声、澄んでいて柔らかな声が言う。「名前？　あたしの名前はルシンダ・フォスターです」

男の声が続く。ミッツィの父親の声、筆跡と同じようにどっしりとした声が言う。「映画に出てみたくないか、ルシンダ」そう尋ねる声は大きくなり、小さくなる。女の子と向き合うのではなく、どこかよそに顔をそむけたかのように。

「あたしの名前はルーシー」女の子が言う。「お母さんの名前はアンバーです。お母さんとお父さんの名前は、アンバー・フォスターとゲイツ・フォスターです」

ミッツィはテープを止める。少し巻き戻す。再生ボタンを押す。

「……とゲイツ・フォスターです」

念のため、同じ手順を繰り返す。

「……ゲイツ・フォスター……」

牛乳の紙パックの少女。ミッツィが何年も思い出そうとしてきた少女。別の誰かもこの子を探していた。ここ数日、椅子を並べて作業をしている男。耳を寝かせた犬みたいにおどおどとこのスタジオを訪ねてきた男、古い悲鳴を買いたいといって現れた男。ゲイツ・フォスター。あの男が探しているのは、オスカー授賞式のあの悲鳴ではない。

赤ん坊が内側から腹を蹴る。乳房から母乳がにじみ出る。胃酸が逆流しないよう、薬をもう一錠、またもワインでのむ。

ミッツィは影のミッツィを見つめる。影のミッツィが再生ボタンを押す。

父親の声がいう。「もうじきお父さんが迎えにくるからね」

少女が訊く。「あたしのお友達は?」少女は訊く。「ミッツィはどこ?」

真向かいに映った人影は、ワイングラスを口もとに運ぶ途中で凍りつく。ミッツィの頭のなかで不満げに響く少女の声は、自信をなくしたように揺らぎ始める。「ミッツィはどこに行っちゃったの？」

低い声で、男は少女を黙らせる。経験から、男の目はスタジオのモニターを確認しているとわかる。レベル調整つまみをいじっている。マイクの位置を調節している。

少女が言った。「ミッツィに言って。この遊びは好きじゃないって」

ここで、ミッツィはテープを巻き戻す。テープを巻き戻して、すべて消去する。

それが誰の声か、わかりそうでわからない。テープから聞こえた声、男の声。フォスターは少し巻き戻し、すぐ隣で作業中のミッツィ・アイヴズを盗み見る。ミッツィは自分のヘッドフォンの音に没頭していた。フォスターは自分のヘッドフォンの位置を直した。それから再生ボタンを押した。

「なあ、ドク」男が言う。「小道具倉庫のナイフを残らず汚さなくちゃ気がすまないってか」別の誰かが笑った。続いて数人が笑う。

テープを巻き戻す。再生ボタンを押す。「……残らず汚さなくちゃ気がすまないってか」別の誰かの笑い声。

フォスターはテープの終わりまで通して聴いた。また巻き戻す。特定の単語の直後で一時停止ボタンを押す。〝倉庫〟のあと。〝気がすまないってか〟のあと。二つの顔が像を結びかけては消える。フォスターが友人と思っている少数のうちの二人。会社の同僚の記憶を棚卸しする。アンバーの父親ポールの記憶をさらって音声がついているものを探し、一つを呼び出す。ポールの声――〝メリークリスマス！〟。家の玄関に出てきたポールが大きな声で言い、妻のリンダは腰をかがめてルシンダを抱き締める。

ポールの声ではない。会社の同僚も違う。

それがフォスターの交友関係のすべてだ。だが次の瞬間、そうだサポートグループもあったと思い出す。メンバーの顔を一つずつ思い浮かべる。鍵が鍵穴にするりと収まるように、二つの声が二つの顔と完璧に一致した。声の双子、声のドッペルゲンガーが存在したりはするだろうか。指紋がぴたり一致するように、二人の男がまったく同じ声を持つということは。テープの男二人と同じ声を持つ二人の別人。いるわけがない。ありえない。フォスターはテープを消去するが、次にやらなくてはならないことに押しつぶされそうになる。その重みが、このあと太陽が沈んだあとに待ち受けている憂鬱な任務が、彼の頭を垂れさせ、肩を丸めさせる。

ミッツィは庭園を築く。胎内で育っている他人が暴れ始めると、ミッツィは、父親がしたように、録音スタジオに寝床を作る。ミキシングコンソールに手が届く位置に古い毛布を積み上げ、そのかびのにおいのする柔らかさの上に体を横たえる。地下室の排水口や、乾燥機に入れたまま放置された洗濯物の湿っぽいにおいのする柔らかさの上に。それから手を伸ばしてスタジオの照明を落とす。完全な闇と静寂に囲まれるまで、一列、また一列と消していく。そうやっていまある世界を消去し、新たな世界を一から築く。

胎内の他人は、好奇心をそそられたようにじっと動かずにいる。待っている。

父親がしたように、ミッツィは見えないつまみを手で探る。室温を下げる。夜のコオロギの合唱を見つけて再生する。木の陰から顔を出したアマガエルの声をそこに加える。ごうごうと流れる水の音は、小川のせせらぎに調整する。湧き水を連想させる、メロディのような水音。泉のかすかな音に、ウィンドチャイムの音を重ねた。

黒い静寂の虚空から、ミッツィは夜の楽園を築く。ネズミが枯れ葉をかさかさと鳴らす。そよ風が吹いて木々の枝が軋み、こすれる。頭上のどこかでフクロウがほうと二度鳴いて飛び立つ。

父親がしたように、ミッツィは物静かなシカの一家を庭に招き入れる。一家は薔薇の茂みをむしり、柔らかなつぼみをちぎる。荒《すさ》んで混沌とした世界を、さわさわとささやく背の高い草で置き換える。

ここに、この防音された光のない虚空に、ミッツィは楽園を作り出す。すると胎内の他人は、ほどなく眠りに落ちたようになりをひそめる。軽やかな水の音とウィンドチャイムは延々と流れ続け、彼女まで、朽ちかけた毛布の寝床に横たわったミッツィまで、やがて眠りに落ちる。

フォスターはバスケットボールを脇に置いた。テディベアを一つずつ優しく持ち上げ、安全な場所へ移す。キリンのぬいぐるみを拾い上げると、オルゴールの子守歌が流れ出した。冷え切った夜に、ぴりん、ぽろんという音がやけに大きく響く。ほかの墓標にはね返された明るいメロディは、耳を痛めつけ、心を乱す。キリンを黙らせようと墓標の上に横たえ、シャベルの湾曲した刃を叩きつけた。

クリスマスカードや誕生祝いのカード、聖人の絵がついたグラス入りのキャンドルをまとめて脇に寄せる。子羊を抱いたキリストの絵。燃え尽きかけた芯、芝生のスプリンクラーの水を浴びたキャンドル。フラシ天のぬいぐるみは、芝刈り機が飛ばした芝の切りくずの毛を生やしている。むき出しになった墓標は、月のない闇夜の底でぼんやりと光を放っている。トレヴァー・ローレンス、ロブとマイの愛されし息子。誕生日と死亡日は、ほんの数カ月しか離れていない。

フォスターは墓石の前に膝をついてささやく。「もし私の考え違いだったら、どうか許してくれ」立ち上がり、シャベルの刃を柔らかな芝生に突き立てる。シャベルを使って芝生をきっちり四角に切り出し、傍らに取りのける。その上に防水シートを広げ、そこに掘った土を置く。シャベルで何度か土をすくうたびに手を止め、耳を澄ます。鳴くのをやめていたコオロギやカエルが合唱を再開した。その声はやかましく、どんどん深くなる穴の底から土を地上に投げ上げるフォスターの重たい息遣いをほとんどかき消す。足もとをどんどん掘り進み、やがて穴の上に出ているのは頭だけになった。シャベルがコンクリートに、棺を守っているコンクリートケースに突き当たる。素手で、湿った土がこびりついた指で、フォスターはコンクリートケースの蓋の縁の土を払った。

写真は見ていた。サポートグループのメンバーは、手から手へ、写真を回覧した。ロブは小さな棺の写真を見せた。磨き抜かれた紫檀の棺で、茶色いというより赤かった。スーツケースよりもずっと小さな棺。まだ土をかけていない棺に花を落とすマイと家族の写真。遺体の写真はなかったが、それは当然だ。トレヴァーは炎天下の車内で一日苦しんだのだから。

ブラッシュがL形レンチのとがった先を差しこんでベニヤ板を引き剝がしたように、フォスターは同じL形レンチのとがった先をコンクリートの蓋の下に差しこんでこじ開ける。これはただの映画だと自分に言い聞かせる。自分はドライブイン・シアターでかかるような安っぽいホラー映画のキャラクターにすぎないと。蓋が持ち上がり、横にすべって、なかの棺が露になる。写真から想像していたより小さく見えた。映画だろうとなかろうと、棺の蓋は開かない。鍵が要る。カスケットキーと呼ばれる専用のハンドル。それがないと、防水のため密閉された棺の蓋は開かない。

棺そのものを踏みつけないよう用心しながら、フォスターはコンクリートケースの縁に足を踏ん張った。映画だろうとなかろうと、フォスターは背をそらしてシャベルを振り上げ、斧のように振り下ろす。ワニス仕上げの紫檀に刃が食いこむ。歳月がたってもなお紫檀は血を流しそうなくらい赤々としている。もう一度シャベルを振り下ろす。棺の蓋に裂け目が入った。三度目で、蓋は真ん中から割れた。フォスターは膝をつき、割れた木の蓋を引き剝がした。サテンの内張やクッションが見えた。覚悟を決め、この下に悲しくもホラーな光景がありますように、非業の死を遂げて朽ちた死体がありますようにと願いつつ、クッション入りのひだのついた内張を引き裂いた。

懐中電灯の淡い光を頼りに、サテン地のキルトとクッションを持ち上げた。たくさんの玩具とともに葬られた棺、写真のなかで泣いてすがりつかれていた棺、ばらばらに壊された美しい棺は、空っぽだった。小さなマットレスには染み一つない。

ここでも、おとなの身長分の湿った土の底でも、携帯電話の電波は届いた。フォスターは電話をかけた。

相手が出た。スタジオで消去したテープの声と同じ声が言った。「もしもし？」

「やあ」フォスターは言った。

一瞬の間、一瞬の息遣い、一瞬の身震い、一瞬の無音があって、ロブ・ローレンスが言う。「ゲイツか」そして訊く。「いまどこにいる？」

フォスターは訊く。「サポートグループはいまも毎週火曜に集まりを開いているんだろう」

電話の向こうからロブが言う。「何かあったのか？」

「今週の集まりには行くんだろう」フォスターは訊く。

それに答えるロブの声は大きすぎる。誰かの注意を引こうとするかのように、ロブは言う。「俺がサポートグループに行くつもりかって質問なのか？」誰かが三角測量を使ってフォスターの位置情報を取得しようとしているかのように。

「そうさ、そのとおりの意味だよ」フォスターは言い、電話を切る。

三本目のワインの栓を抜いたところでようやくボイスメールを聞く覚悟ができた。

あの夜のドルビー・シアター内の様子を映した動画はすでに何本か見ていた。一部は、さほど凄惨ではない一部は、テレビでも放映されていた。ショッキングな動画もネット上にはあるが、ミッツィはいまのところ見ていない。コンドミニアムの部屋で独り、携帯を目の前のデスクに置き、再生ボタンを押す。

録音された声が、ミッツィを取り巻く世界を置き換える。

「ミッツ」カエルみたいなしわがれ声。「マイ・ベイビー・ガール」

墓から届いた声。両腕に鳥肌が立った。

声が続ける。「ミッツ。おまえさんに電話が通じなくてかえってよかったよ」車を運転しながらハンズフリー電話で大声を張り上げる男のように、その声は言う。「こんな音は断じて聞かせたくないからな」悲鳴、大勢の人間の悲鳴と雷鳴のような音がその声をかき消しにかかる。「……埃がひどくてね、息もまともにできん」シュローは叫ぶ。「聞こえるか?」

ミッツィはインペリアル劇場内の様子を映した動画を思い浮かべる。あらゆる表面に亀裂が走り、亀裂はさらに枝分かれした。壁や天井が揺れ動いていた。ぼろぼろと崩れた。埃がもうもうと舞い上がった。それが晴れたときにはその下のすべてが埃をかぶっていた。

「息ができんよ。ミッツィ、マイ・ベイビー・ガール、私がどれほどおまえさんを誇らしく思っているか、伝えておきたかった。充実した人生だったよ」いったん間を置く。咳払いをする。「バルコニー席には避難できないという話だが、どのみちバルコニー席も崩落してパンケーキみたいに積み上がっている。ああ、身の毛のよだつ光景だ。これだけの人間が……一瞬にして死んだ」

大勢の悲鳴は小さくなっていた。その代わりに、鋼鉄が折れ曲がる雷鳴のような音、ガラスが割れる音が大きく聞こえている。

ニュースで動画を見たから、その光景が思い浮かぶ。分厚いコンクリート壁が砕けて巨大な塊になり、それがさらに砕けて少し小さな塊になり、セメントのつぶてはたちまち粉々になる。

「埃がひどい」シュローがいう。咳きこむ音。「ぺしゃんこにされるまでもなく、窒息死しそうだ。何も見えない。土埃がひどくて、ほとんど何も見えん！」

ミッツィはあふれかけた涙を払った。

「ベイビー・ガール」そう続けるシュローの声はかれている。「私を助けようとしてくれたな、うれしかったよ。すべての殉教者の血に誓って言うが、私は知らなかった」そして言う。「私には知りようがなかった」

シュローはもういない。ミッツィが愛した誰とも同じく、録音された声だけになってしまった。耐えられない。

シュローの最期が迫っている。ミッツィはすくみ上がる。

友人の死の瞬間を聞きたくなくて、ミッツィは携帯電話の再生を停める。

げっぷみたいな音を立て、あるいはあはあとあえぐ。泡が立つように、あるいはうがいのように喉が鳴る。テープの男は鼻にかかった声をして、浅い息遣いを繰り返す。肺が十セント硬貨大に縮んだかのように、短い呼吸を繰り返す。フォスターのヘッドフォンのなかで、胸が水でいっぱいになりかけているかのようにごぼごぼと喉を鳴らし、咳きこむ。

男はうめく。「愛しい娘よ」男が唾を吐く。何らかの液体がほとばしり、何か平らで固いものにぶつかって跳ねる。やや明瞭な声で、男は言った。「これまで私がしてきたことはどれも、おまえがこれを……」ごくりと喉が鳴った。「これをうまくこなせるように、そのためだった」

フォスターは男の声を映画に当てはめようと試みる。鼻炎持ちの男のヒューマンドラマ。鼻風邪を描いた感動のアカデミー作品賞受賞作。

ヘッドフォンのなかで、男が長く震える息をつく。「おまえは悪くない」ささやくような小さな声。「おまえが生まれたその日から、私はこのための手ほどきをしてきた」男は言う。「私にはわかる。おまえはいま、恐るべきパワーを実感しているはずだ」

フォスターの心の暗闇で、男が嘔吐する。目に見えない液体がほとばしる。何を吐いているのか、フォスターには想像もつかない。医務室なのかどこなのか、遠い昔のどこかで液体や半固体が飛び散る。どの音も鋭く反響する。コンクリートかタイルの部屋なのだろう。柔らかい素材ではない。子供がすすり泣く声が、若い誰かの泣く声が背景に聞こえている。

咳払いのあと、男の声は少し大きくなる。「いつか、おまえがいまの私の年代になったころ、弟子が現れるだろう」

フォスターは思いきってミッツィ・アイヴズを横目で見た。手を振って注意を引き、このテープの登場人物を知っているかと訊きたかった。こいつはいったいどんなメロドラマチックな昼ドラの音声なんだ？

ヘッドフォンを着けたミッツィは、何も気づいていない様子で唇を動かしている。祈りを捧げているようでもあり、外国語の勉強中のようでもある。大きな腹の限界までコンソールに近づいて座っている。片手で腹をそっとなでていた。胎児の形にせり出した腹の輪郭を掌でゆっくりとさするようにしている。

フォスターの頭のなかの男は苦しげに息を吸いこみ、苦しげに言葉を吐き出した。「恐れるな」そして続けた。「おまえの弟子は、いつかまったく同じことをおまえにするだろう」

フォスターはつまみをいじってトーンを上げた。別のつまみで音量を上げる。

男の声はしだいに弱々しくなる。「いまの私の立場になったとき、私がどれほどおまえを誇りに思っていたか、おまえは思い出すだろう」必死に息を吸いこむ。「おまえが同じ誇りとともに死ねるよう願っている」ここで声はかすれ、そのまま静かになった。

男の言葉に置き換わるように、ルームトーンと、ぽたり、ぽたり、ぽたりという規則正しい音だけが聞こえていた。その音の間隔はしだいに開いていき、やがて消えた。

最後の一滴まで聞いたあと、ゲイツ・フォスターはテープを巻き戻して消去ボタンを押す。

テープは終わったのに、ミッツィはまだ何か聞こえているふりをする。自分の鼓動が聞こえる。もう一つ別の鼓動、赤ん坊の心拍も聞こえるふりをする。

隣に座ったフォスターとかいう人物は、ヘッドフォンの繭にこもっている。こちらを横目でうかがうことがあっても、子供にささやきかけているミッツィの声は聞こえない。決して会うことのない我が子。ミッツィはささやく。「怖がらないで。あなたを育てる女の人はきっと愛情を注いでくれる。その人はあたしじゃないってだけで」

形を変える腹のふくらみをそっと叩きながら、そこに話しかける。「あなたには家族ができる。その家族はあたしの家族じゃないってだけで。うちの家族は、あたしを最後に絶えるの。うちの家族の仕事は、あたしと一緒に死ななくちゃならない」

ミッツィの手に触れようと内側から押してくる小さな手に、ミッツィは自分の手を重ねる。恨みがましくはない声で、我が子に言い聞かせる。「あなたはある運命に向けて歩みだすことになるけど、その運命はね、あたしが誘いこまれた運命とは違うの」

次のテープが再生する次の悲鳴、次の苦しげな息遣い、恐怖と苦痛から絞り出されたうめき声を聞く前に、ミッツィは赤ん坊にささやき続ける。じっと動かずにいる赤ん坊、早くも音声に耳を澄まし、理解しているらしい赤ん坊に。

この音響効果技師だとかいう人物は、人が音の源を探す仕組みをフォスターに解説して聞かせる。低周波の音の場合、人間の脳は、その音が左右の耳に届く時間差を分析する。高周波の音の場合、脳は、その音が左右の耳に届いたときの音量の差を分析する。

ミッツィ・アイヴズはそんな風にフォスターを鍛える。彼女の声、落ち着き払ったその声は、弟子を導く師匠のそれだ。フォスターを指導する教師だ。一生分の、あるいは人の一生の何回か分の知識をフォスターに伝える。次の世代に引き継ぐ。

「素の声なんてもう聞けないのよ。そういう時代は過ぎた」ミッツィは言った。どんな歌も、映画のなかの音声も、味つけされている。温かみと奥行が足されている。あるいは、詰まって聞こえるよう調整されている。残響時間を長く、または短くされている。ミッツィは音の減衰時間について話す。音圧レベルの調節のしかたを教える。

ミッツィの父親によると、父親から聞いた話によると、どんな金網のフェンスも音を保存できる。フェンスに沿って歩きながら針に接続したマイクを使えば、自分の声を針金に記録できる。子供のころ、ヘッドフォンと針をワイヤでつないでそのへんの金網のフェンスに沿って歩き、そこに記録されている秘密のメッセージを読み取ろうとしたとミッツィは話す。有刺鉄線のフェンスに沿って。鉄条網に沿って。

同じように、どんなスピーカーもワイヤを逆向きに接続すればマイクとして使えるとミッツィは説明する。なんともいえない歪み感が加わるから、ミュージシャンはわざとスピーカーをマイクにして録音したりする。

一九二〇年代、伝統の歌唱法はすたれ、低くささやくような歌い方に切り替わったとミッツィは話す。カーボン粒子がマイクに詰まってしまうから、当時の放送スタジオではときおりマイクのスイッチを切り、小型のハンマーで叩いて詰まりを取り除かなくてはならなかった。ささやくような歌い方なら音量が低く、一音が長くなるおかげでマイクが詰まりにくい。同じ理由から、トランペットに代わってコルネットが台頭した。要するに、人が聞くのはマイクが拾える音だけだ。テクノロジーが音楽の流儀を決めるのだ。

ミッツィ・アイヴズはフォスターに、リボンマイクやダイナミックマイク、カーボンマイク、コンデンサーマイクの知識を授ける。無指向性《オムニ》マイク、単一指向性《カーディオイド》マイク、双指向性《バイディレクショナル》マイクについても。いくつものラックに並んだアナログ音響機器についても。交換に五千ドルかかる真空管、価格二万ドルのマイク。録音媒体であふれんばかりのファイルキャビネットが並んだコンクリート造りの地下室も一つずつ案内して回る。

〈ウィルヘルムの叫び〉についても教える。

ウサギの巣穴のような地下空間の床を、二本のワイヤが這っている。二人はそのワイヤをたどって各部屋を見て回るが、ミッツィはそのワイヤには一言も触れない。地下の一番奥の部屋で、ワイヤは閉ざされたロッカーの扉の向こうに消えている。フォスターは扉を開けた。はっきりした形を持たない白い物体が下がっていた。ロッカーに押しこまれ、フックに吊り下げられて、ドレスがあった。ウェディングケーキのように盛りに盛られたサテン地とフリル。

導火線のように、ワイヤはスカートに留められたクリップにつながっている。金属のクリップが二つ、布地を介して互いにつながっている。ドレスの下で、錆びついたフィルムリールの山が酢のようなにおいをさせている。

ミッツィ・アイヴズは待っているが、フォスターは尋ねない。ロッカーの扉を閉じる。そしてミッツィは講義を続ける。

ウェブでは大した音には聞こえなかった。オスカー授賞式の夜、ドルビー・シアター内で携帯電話のカメラで撮影された動画では、彼らの声は薄っぺらに聞こえた。きんきんした音。ミッツィはジミーの悲鳴のオリジナル音源を知っているが、それとは似ても似つかなかった。ネット上のこれは、劣化コピーにすぎない。ある動画では、傾斜のついた観客席についたきらびやかなセレブリティが映し出された。一様に上を向き、口を大きく開けて、聖歌隊のように同じ声を上げている。遠吠えする犬たち。何人かは立ち上がり、歯をむき出し、首の筋肉がくっきり浮き上がるほど絶叫している。天井から瓦礫が降り注ぐなか金切り声を上げ続け、ついには背後のコンクリート壁が崩壊し、津波のごとく押し寄せて、あらゆる物体を押しつぶす。

ミッツィは別の動画をクリックする。むせぶような顔つきの別の聖歌隊。動画を一時停止し、モニター全面に拡大する。顔を、歪んだ顔を、一つずつ観察する。どの顎も胸に届いている。どの口も限界まで伸びていて、唇は薄く白く見える。粉々に割れた照明器具や煉瓦が猛烈な勢いで降り注いでも、誰一人よけようとしない。逃げない。もう何本の動画を見ただろう。きっとすべての投稿動画を見終えるまで、自分は希望にしがみつくのだろう。

ある動画では、白いドレスを着た人影が「シュロー、何も死ぬことないでしょ！」と叫びながらカメラのフレームを横切っていく。周囲の席の誰一人、その人影に目を向けない。白いドレスを波立たせたその女が、大きく広がったスカートが、通路にあふれている。そして女は大声で言う。「シュロー、あたしの手を取って！」

また別の動画では、半狂乱のその女が席に座っているゲストの前を強引に突き進み、一人の男の手首をつかむ。その女は気づいていないが、後方から制服姿の警備員が二人、通路を近づいてくる。一人が何かの狙いを定める。銃ではない何か、しかし銃に似た何かの狙いを定めてトリガーを引く。ワイヤが猛スピードで飛んでいき、女の首の後ろ側に突き刺さる。

また別の動画では、その女は金切り声を上げる。テーザー銃で撃たれたのだろう。ひくつく女の体を警備員が両側から支え、女は手足をばたつかせ、甲高い悲鳴をまき散らしながら引きずられていった。カメラはそのあとを追い、三人が非常口から外へと消えるのを見届ける。だからだ。悲劇の夜が明け、ミッツィが意識を取り戻したとき、ぼろぼろの白いサテン地をまとってハリウッドの裏路地に座っていたのは、だからだ。

いま、動画を見ていると、首筋がずきりと痛んだ。テーザー銃か。それで傷痕の説明がつく。ミッツィが思い出せない事実のすべてが動画にあった。

背中を丸めて顔をモニターに近づける。鼻がくっつきそうになる。授賞式を中継していたカメラのほかに無数の携帯電話が、最期の瞬間をあらゆる角度からとらえていた。これだけ大勢が自らの死を記録するのは史上初めてだ。

業界の序列の知識が役に立った。要するに、VIP中のVIPの席はどのへんにあるか。メインのフロアの真ん中あたりが見えて、ミッツィは動画を一時停止する。少し巻き戻す。いた。彼がいる。襟に挿したくちなしの花。携帯電話を顔に当て、話している。ボイスメールを残している。マラカイトのカフリンクス。タイメックスの腕時計。観客席のその一角に、壁や天井の瓦礫は降っていない。その代わりに床が崩壊する。陥没穴が口を開け、シュローのそばの席に座っていた映画スターがのみこまれる。床の割れ目はなおも大きく口を開け、A級スターが悲鳴を残して次々と転落する。そのままホールの真下にある地下室なのか、駐車場なのかに流れ落ちていく。シュローはまだ携帯で話している。座っている椅子は横にかたむき、裂け目に吸い寄せられようとしているのに、シュローはまだ話している。ミッツィのために、自分の何かを、形ある何かを遺そうとしている。

ここで、ミッツィは自分の携帯電話に指を触れてボイスメールを再生する。シュローの声が叫ぶ。「おまえが、私の家族が、安全な場所にいて本当によかった」シュローの声はやけに大きい。周囲がやかましいせいか、耳栓をしているせいか。もしかしたら、昔から電話ではいつも怒鳴るように話すからかもしれない。ともかくシュローは言う。「回りくどい話をしている時間はなさそうだ、ミッツ。単刀直入に言う——例のテープを破棄しろ！」

終わりはあっけなく思えた。あっけなく、苦痛もない。苦痛はなく、疑いの余地もない。動画に映るちっちゃな人影は、手にした携帯電話に向かって怒鳴る。「私たちの死を無駄にするな、おまえがその手で世に送り出したものを破棄しろ！」

シュローらしい。いかにもシュローらしかった。自分の世界がかたむき、忘却の底に投げ落とされようとしているそのときもまだ、携帯電話に向かって大声を出している。

フォスターはノブを試したが、回らなかった。地下室の窓からなかの様子がうかがえた。いつも集まりが開かれる部屋の床にはうっすらと埃が積もっている。その薄い層に、足跡は一つも残っていない。いつも円形に並んでいる折りたたみ椅子もない。窓に貼られていた、失踪した子供の親や子を亡くした親を歓迎するボードもない。歩道から下りるコンクリート造りの階段の一番下に立っていると、墓のなかにいるような気分になって、フォスターは地上に戻った。歩道際に駐めたおんぼろダッジ以外、車は一台も見えない。二つ先の大通りは交通量が多い。足音はその方角から聞こえた。

建物の煉瓦壁に沿って人影が近づいてくる。人影は男になり、ロブになる。ロブの声が聞こえる。「もう手遅れだよ」ずいぶん距離があるから、ロブは大声を出す。「いまからじゃもう止められない」

ロブの名前は、本当はロブではないのだろう。このサポートグループで知り合った誰もが誰でもないのだろう。この場所は、場所ではない。最初から違った。フォスターはいま言えるせいいっぱいのせりふを吐く。「本物は私だけだったんだな」大きな声で訊く。「なぜ私だったんだ」

ロブは、いまや初めから存在しなかった集まりのリーダーではないロブは、手の届かない距離を残して立ち止まる。「現れたのがきみだった。それだけだ」こちらを見下すような目をして、ロブは得意げな、しかしどこかやましげにも見える薄笑いを浮かべた。「俺たちは罠をしかけた。そこにある日、きみが足を踏み入れたわけさ」

全員が役者やこのために雇われた人間だった。〈ビッグ・ストア〉と呼ばれる秘密工作の遂行のための人員だった。入念にお膳立てされた工作だ。全メンバーが子を亡くした親を演じた。全員で経験談を語る練習をした。フォスターが初めて歩道から階段を下り、ボードの文言を読み、あのドアを開けた夜、全員が顔を上げて、メンバーの一人の子供を亡くした経験を、初めから存在しなかった経験を、みなで聞いているところだった芝居をした。誰かがフォスターを手招きした。経験談を語っていた一人はすすり泣く芝居をし、フォスターはあっさり罠にかかった。フォスターは訊いた。「子を亡くした親なんかいくらでもいるだろう。なのに、どうして私だった？」

ロブ、実はロブではないロブは、テープのなかで血の量が多すぎるとかナイフを汚しすぎだとか文句を垂れていた声の男は、肩をすくめた。「男だったから。きみくらいの体格の人間が必要だったから」

フォスターは、ジャケットのポケットのなかの銃を意識する。

「怒りをためている人間って条件もあった」ロブではないロブは言った。「その怒りを利用できるから」

葬儀のことだ。群衆場面。何もかもフォスターにシナリオどおりの行動をさせるための舞台装置だった。フォスターの舵取りをしていたのはルシンダだけではなかった。あの連中もそうだった。ただし、自分たちの利益のために彼を利用した。

「悪く思わないでくれ」ロブではないロブは言った。得意げな態度は鳴りをひそめていた。首をかしげ、後頭部をごしごしとかく。「俺たちに与えられた任務は、手段を選ばない人物を誘い入れることだった。しかも底なしの怒りをためている人物。その怒りを燃料にして、これから何年も仕事を続けていきそうな人物」あたりを見回す。その視線は何かを見つけてそこで止まった。

「最強の工作員は、自分が工作員だと知らない工作員だ」

視線を追うと、その何かは窓だった。窓の内側でカーテンが動いただけだった。

ロブではないロブは、建物の壁の際に移動した。煉瓦の壁に溶けこもうとしているかのようだった。「俺は伝言を届けにきただけでね」またカーテンのほうを一瞥する。「おたくのボスに伝えてくれ……」

フォスターは訊く。「ボスって？」

「ミッツィ・アイヴズに伝えてくれ」ロブではないロブはそう言い直した。「例の資産を火曜までに引き渡せと」

新たな人物が近づいてきていた。今度も男だ。ぼさぼさ頭《シャギー》の見知らぬ男。近づくにつれて足の運びがゆっくりになる。マリファナで頭をやられた変態原始人といった風情の男。

ロブではないロブはフォスターの視線をたどり、新たに出現した男を見る。ヒッピーの末裔のような男、痩せてひょろ長い男。「火曜の四時だぞ」ロブでないロブが言う。「火曜の四時に、俺が所属する組織が武力によって資産を押収する」

フォスターは訊く。「資産って？」

後退を始めながら、退却しながら、ロブではないロブは言う。「おたくのボスに言えばわかる。手遅れにならないうちに資産を引き渡せと伝えろ」そう言うと、向きを変えて小走りに遠ざかった。新たに出現した男が迷いのない足取りで近づいてくる一方、ロブではないロブは全力疾走で消えた。

一瞬、新たな男はそのまま通り過ぎるかに思われた。ビーズのネックレスをして、グラノーラを常食していそうな男は、こちらをにらみつけた。肩を怒らせ、両手は拳を作る。男の腕が振り出される。すばやいパンチがフォスターの側頭部を打つ。フォスターの視界が真っ白に飛ぶ。膝の力が抜けた。歩道に派手な尻餅をつく。男のパンチの衝撃で、フォスターのポケットから銃が飛び出す。銃は歩道にぶつかってやかましい音を立てる。やかましい音を立ててすべっていき、縁石の向こうに消える。縁石の向こうに消えて、雨水管の口に落ちる。

銃はなくなった。男は、その男は歩き続ける。見知らぬ男ではない。完全にそうではない。いまとなっては違う。

パチュリのきついにおいが漂い、「冗談きついな、おい」という言葉がほんの一瞬、フォスターの頭をよぎる。

ミッツィはダイナーに着く。真珠のネックレスを着けている。奥の方のボックス席。いつもの取り決めどおりだ。女優は、友達は、先に来て待っていた。ミッツィはベンチシートにするりと腰を下ろすなり訊いた。「仕事の話？」

ブラッシュ・ジェントリーは答えない。すぐには答えない。特大のサングラスの奥からミッツィのふくれ上がった腹を凝視する。「うらやましい」ブラッシュは言う。「わたしも子供が持てたらいいのに」

わかりきっている。ブラッシュは、オスカー授賞式に出席しない口実として誘拐事件を自作自演したのだ。ミッツィは言った。「誘拐犯と子作りすればよかったじゃない」

「よしてよ」ブラッシュは首を振る。「年寄りもいいところ。あの歳でぶっ放せるのは、よぼよぼのオタマジャクシがちょろちょろしてるぬるま湯だけよ」

ウェイトレスがテーブルに来る。若い女だ。映画業界の再生を目指すカリフォルニアに大量に押し寄せている見目麗しいワナビーの一人だ。ミッツィはじろりと女を観察して、やる気だけは一人前だが実力が伴わないタイプに即座に分類した。映画に音がついてサイレント映画のスターが駆逐されたとき、その代替要員として補充されたのは、ニューヨークの舞台俳優たちだった。今回もまた、演劇界から新たなスターが供給されることだろう。

ブラッシュはサングラスをはずす。ウェイトレスの目がブラッシュを見て、そこから動かなくなる。スターを前に舞い上がった声で、ウェイトレスは訊く。「ご注文はお決まりですか」

「食事はいらない」ブラッシュは言った。「コーヒーをもらおうかしら」

ミッツィはワインをグラスで頼む。白ワイン。それが昼ごはんだ。ワインだけ。なみなみと注いだ白ワインを一杯。

ウェイトレスは妊娠中の腹を見つめる。妊婦さんですかと尋ねて、もし違った場合、暗にデブ呼ばわりしたことになる。迷ったあげく、やめておくことにしたらしい。「赤ならあります」

「わたしもそれにする」ブラッシュは言った。ウェイトレスが行ってしまうと、テーブルのディスペンサーから紙ナプキンを一枚取り、落ち着かない様子で折りたたんだりし始めた。ミッツィと目を合わせずにブラッシュは言う。「ある筋から聞いたんだけど。あなた、何かの資産を不法所持してるそうじゃない」棒読みのたどたどしいせりふ回し。「その……その人たちから頼まれたの。ここが正念場だから、間に入ってもらえないかって」英語が第一言語ではない女優が英語の台本を読んでいるようなせりふ回し。「火曜の四時までにその資産を引き渡さないと、その人たちがあなたの会社を訪問して、問答無用で押収するそうよ」

せりふ回しはぎこちなくても、言わんとすることはわかった。何らかの組織がスタジオに踏みこむ。火曜の午後、特殊部隊がアイヴズ・フォーリー・アーツ社の捜索に入る。

ウェイトレスがワインを運んできて、ミッツィは首の後ろに両手を回す。留め具をはずし、真珠の二連ネックレスを小さくまとめて片方の掌に載せる。「赤ちゃんに恵まれますように」そう言ってテーブル越しにネックレスを手渡す。

言葉が見つからないまま、ブラッシュは両端を持ち上げ、自分の首の後ろで留める。

彼らは、赤の他人の集団は、まずフォスターを罠にかけた。次に言葉巧みに偽の葬式を行わせた。公開処刑じみた儀式。そして怒りを爆発させるよう仕向けた。葬儀の場にはアンバーもいた。会場の最後列に座っていた目撃者。何人かが携帯電話と動画で彼をだまし討ちにした。ベビーシッター映画のリンクを送りつけてきたメールに至るまで、すべては仕組まれた悪夢だった。いくらなんでも荒唐無稽と思えなくもないが、フォスターは何らかの計画に組み入れられていた。何かに狙われていた。赤の他人の集団が、彼の怒りと悲しみをかすめ取ったのだ。いま、フォスターはアンバーにそう説明している。きっと頭がおかしくなったと思われているだろう。

任務完了。

アンバーはフォスターの額にキスをし、頭をそっと押さえて枕に預けさせる。アンバーに連絡を取りたくて、フォスターは義父に電話した。すると偶然にもアンバーが電話に出た。一瞬の気まずい沈黙ののち、アンバーは、世間の目を逃れて実家に隠れているのだと話す。マスコミから逃れて、郊外にある父ポールの家に隠れている。また気まずい沈黙があって、アンバーは、とりあえずうちに来たらと誘う。というわけでフォスターはこうしてここにいて、元妻のアンバーは家の奥側の寝室にフォスターを連れてき、ベッドに座らせ、落ち着いてと言う。

「一眠りして」アンバーはフォスターの頭に唇を押しつけてささやく。アンバーの指が彼の眼鏡を持ち上げ、折りたたみ、窓台に置いた。

アンバーの犬がベッドに跳び乗ってきてフォスターに寄り添う。小型犬だ。パグ。飼い主はポールかもしれない。どちらなのか、フォスターは知らない。

「何もかもが連中の演出だった」フォスターは説明を試みる。眼鏡がないと、部屋はピンボケになってにじむ。

アンバーは黙ってフォスターに話させる。フォスターの気力が尽きるまで話させる。ベッドの足の側に手を伸ばし、毛布を引き上げてフォスターをくるみこむ。毛布の端を肩や腕の下にたくしこんで、身動きを封じる。それから窓の前に立って外の様子を確かめ、カーテンを閉ざす。パグ犬はフォスターの脚にぴたりと寄り添っている。

カーテンの片側の隙間から外を確かめながらアンバーは言う。「まずは心と体を休めないと。一時間だけでいいから」

なんたる幸運か。もしかしたら運が向いてきたのかもしれない。もっとも彼女を必要としていたタイミングで、アンバーとの絆を取り戻せた。最初に電話した先にアンバーがいた。そこに招き入れられ、眠る場所を与えられた。スラックスにはトレヴァーの墓の泥が乾いてこびりついたままだ。爪の下にも泥が入りこんでいる。だが、赤ん坊のトレヴァーは初めから存在しなかった。ロブは登場人物の一人だった。世界の大部分が映画に変わった。その映画のなかで起きるできごとは、フォスターを何らかのゴールに向かわせるためのシナリオだった。マットレスに体が沈んでいく。アンバーが身をかがめてもう一度キスをする。髪がはらりと落ちて彼の顔をなでる。

「眠って」アンバーは言う。足音を忍ばせて部屋を出て、ドアをそっと閉じる。

どんな罠だったにせよ、フォスターは逃れた。ここなら安全だ。火曜の四時に、何かが、何やら大仕掛けな計略がミッツィ・アイヴズに襲いかかるらしいが、彼がそれに立ち会う必要はない。

火曜が来たことにさえ気づかずに眠り続けられそうだ。そのくらい疲れている。体を押しつけてくるパグ犬は、まるで赤ん坊のころのルーシーのようだ。忘れがたいアンバーのにおいは、髪の感触は、新婚当初の記憶を呼び覚ます。フォスターは、幸福だったころ、未来が光り輝いていたころに旅をした。腰のあたりに寄り添う赤ん坊。このまま目を閉じていれば、フォスターは新米のパパ、若者だ。

このまま目を閉じていれば、世界は完璧に思える。

低く、小さく、パグ犬が遠吠えを始める。まもなく長く、大きく、遠吠えの声がサイレンを予告する。サイレンが一つ、パグの遠吠えに加わり、近所の家々の寝室の奥から飼い犬の合唱がサイレンに加わる。警察車輛が近づいてくる。すぐそこまで近づいて、犬たちの声をかき消す。

フォスターは目を開き、眼鏡をかけ直す。

パグ犬が首をかしげてフォスターを目で追っている。フォスターはカーテンと窓を開け、静かに裏庭に下りる。窓台を乗り越えて芝生に飛び降りる。裏庭のフェンスを跳び越える。跳び越えて、路地を全速力で走りだす。

ミッツィはフォスターを船に乗せる。このシナリオは昔からミッツィのお気に入りだ。スタジオの照明をすべて落とし、海原を創り出すところから始めて世界を築いていく。三月の大西洋中央部。嵐が暴威を振るい、風が海面をかき乱す。木の船体を波が激しく洗い、マストや帆のあいだを風が吹き抜ける。帆布が波打ち、鋭い音を鳴らす。雨がマシンガンのように甲板を掃射し、船倉に入りこんだ水がばしゃばしゃと跳ねる。

彼は、ゲイツ・フォスターという男は、疲れきった様子で何事かつぶやきながら、おぼつかない足取りでスタジオに現れた。服は泥で固まっていた。顔の片側に紫色の卵大のこぶができていた。陰謀がどうとかとぶつぶつ言っていた。前妻に裏切られたとつぶやいていた。

ミッツィは簡易寝台と毛布を引っ張り出してきて、そこにフォスターを横たえた。いまの世界を消去し、彼の周囲に新しい世界を一から築き直した。稲妻が空を裂く。雷鳴が地を震わせる。稲妻と雷鳴の間隔が少しずつ開いていく。風が弱まる。あれほど激しく降っていた雨は、船を優しく包む霧雨になる。その霧雨も、やがてやむ。海は穏やかになり、帆はくつろいだ様子で休む。

そのころには、ゲイツ・フォスターは深い眠りに落ちている。

その日はだらだらと過ぎていく。どの悲鳴も誰かの苦痛と恐怖ではあるが、フォスターが探している悲鳴ではなかった。彼が愛した相手の悲鳴ではない。共感の備蓄は底をつき、他人の苦しみの声が不快な音になる。他人の不幸の騒々しい果実。赤の他人の苦悶が彼の耳を痛めつけ、彼の胸にその赤の他人への憎悪が生まれる。

フォスターは悲鳴を一つひとつ聴いて確かめる。一蹴して、消去する。次の悲鳴に進む。

ミッツィが何度かこちらに視線を投げた。怯えたような目、フォスターの正体と目的を知っているかのような目だった。

フォスターはエスコートサービスにメッセージを送る。返信はない。

死にゆく他人がひしめくリールをまた一本聴き終え、消去した。

フォスターはコンソールから体を離してくつろいだ姿勢を取り、ヘッドフォン越しにも聞こえるよう声を張り上げた。「予定日はいつ?」

ヘッドフォンで外の世界と隔絶され、ミッツィは答えない。フォスターはもう一度声を張り上げた。

ミッツィが横を向き、ヘッドフォンをはずして首にかける。

「赤ちゃん。予定日はいつ?」フォスターは訊いた。

ミッツィは肩をすくめた。「火曜日の午後」そう答える。「四時ちょっとすぎ」ヘッドフォンを耳に戻し、目の前の仕事を再開する。

フォスターのヘッドフォンのなかで、テープの走行音が変化する。新たな録音が始まる前触れの変化。ルームトーンが変わって、男の声が流れだす。その見知らぬ誰かは言った。「ミッツィ、ハニー。パパが寝ているあいだに動けないように縛るなんて、悪い子だな……」

フォスターは隣で作業中の女を盗み見る。

子供のささやき声が〝パパ〟に答える。走行音にかき消されそうだが、一部分だけ聞き取れた。

「……あたしのお友達に何したの？」

男が口ごもる。「ミッツィ、よせ」

子供が金切り声でわめく。怒りを爆発させる。「マイクに向かって言って！」

男の声は甲高くて裏返っている。その声で繰り返す。「よしなさい。ミッツィ、パパを愛しているだろう！」

静寂が訪れる。フォスターは耳を澄ます。この二人の声は知っている。以前に聞いた音声と関連している。別のマイクが偶然拾った音声か？　過去の断片がまた一つ。

いずれにせよ、フォスターの過去とは無関係だ。

リールのラベルを確める。それぞれの録音のタイトルが並んでいた。ティーンエイジャーらしい丸っこい筆跡で書かれたこの音声は〈シリアルキラー、子供の手で生皮を剝がれる〉というタイトルだ。フォスターはこの音声の頭まで巻き戻す。消去する。そして次の音声を待つ。

未開の人々の考えは正しいとミッツィは知っている。写真は人の魂を盗むと信じる人たち。たしかに盗むし、現に盗んでいる。音声の録音だって、動画だってそうだ。人が生み出す一番の傑作は、その人自身だ。人は自分の外見や行動を磨く。自分の作品がよりクリアに見えるのは、ほかでもない、自分の心にあるときだ。誰もが自己イメージを描く。それは、ほかにもありえた選択肢をすべて拒絶して選んだ、理想の自己像だ。

アイデンティティの機会費用。

怠惰な自分、太った自分、白髪がまじり始めた自分、痩せっぽちの自分、周囲の人々の目に絶えず映っているほかの自己像を拒絶した結果がそれだ。

人はみな、その時々の最善だ。それで満足だった——写真を見たり、自分の声の録音を聞いたりするまでは。おまけに動画という責め苦もある。自分が創り出したきいきいが—が—とやかましい怪物を目《ま》の当たりにする残酷さ。ほかにいくらでもありえた〝きみ〟のなかから一つ選んで創り出した、きみ。人生は一人に一つずつ配られる。きみはその一つを、ほかの人々の特徴を縫い合わせて造った、よれよれめそめそしたフランケンシュタイン博士の人造人間の完成度を高めることに捧げた。自前の何か、持って生まれた何か、それはとうの昔に掃き捨てられた。

そう知っていてもなお、ミッツィは再生ボタンを押す。

その録音セッションがあれからどうなったのか、ミッツィは知らない。例によって、はっと目を覚ますと女優は消えていた。血の痕はなかった。死体もなかった。いつもの漂白剤のかすかなにおいが残っていただけだ。それなりの長さのテープが一方のリールからもう一方に巻き取られていたが、結果を確かめる勇気はなかった。

いま、そのリールが回転を始め、若い女の声が言う。「自分の馬に〝ヤフー〟って名前をつけたんだって」

ヘッドフォンから、ラテックスの手袋をはじくおなじみの音が聞こえる。ワインがグラスに注がれる音。録音されたミッツィの声は、呂律が怪しい。スローモーションの話し方で、ミッツィは言う。「あなたが演じる役の名前は〝ルシンダ〟……」

メーターが何かを聞き取る。誰かがびくりとする音、あるいはロープがこすれる音。

静かにと言い、リラックスしてと言い聞かせながら、ミッツィは続ける。「あなたのせりふは……言ってもらいたいせりふは、〝助けて！　パパ助けて！　やめて！　助けて！〟」

テープの女のかろうじて聞き取れるかどうかの声が言う。「せりふを言うキューは何？」

コンソールの前で、ミッツィは悲鳴が聞こえる寸前にボリュームを絞る。悲鳴は段階を追って大きくなり、苦しげに喉が鳴る音とともにふいに途切れた、しわがれた咳がしばし続いた。そのあと死んだような静寂が訪れた。

背景から、むせび泣きが聞こえてくる。女が声を殺して泣いている。ナイフがコンクリート床に落ちる乾いた音が鳴る。ミッツィは、この自分を覚えていない。

別の女、若い女優の声が尋ねる。「ロープをほどいてもらえます？」

むせび泣く声はしだいに小さくなり、鼻をすする音と震える息遣いに変わる。切れ切れに息を吐く気配。

「もう帰ります」若い女が言う。「これ」そう付け加える。「持っていて。本真珠なの」かちりという音。高感度のマイクでなければ拾えないような、かすかな音。足音が急いで遠ざかっていく。ドアが開き、閉まった。

いまこうしてテープを聴いていると、そこから流れる遠い声のほうが、すぐ隣で作業を続けている男よりリアルに思える。胎内で体を丸めている他人よりもずっとリアルだ。ミッツィは身じろぎせずに座っていた。耳を覆うヘッドフォン、そこから聞こえるリアルな自分の泣き声をじっと聴いていた。やがて作り物のミッツィは手を伸ばして消去ボタンを押す。

**ブラッシュ・ジェントリー著『オスカーの黙示録』(二〇五ページより引用)**

なぜゲイツと一緒に行ったか? 彼はね、本当の人さらいからわたしを助けてくれたのよ。お店で買ったランチドレッシングに何が入っているか知らない人は大勢いる。何百万人も。何十億人も。それでもみんなランチドレッシングをサラダにかけて食べる。誘拐されていたあいだに何があったか覚えていないけれど、ゲイツ・フォスターがわたしを救ってくれたことは確かだし、わたしはそんな彼と結婚した。いまや彼は音響効果の第一人者よ。ヘッドハンティングされたのよ、政府から。ほら、政府は国内映画産業を再興するプロジェクトを始めたでしょう。確かなのは、わたしが彼を愛しているってこと。しじゅう漂白剤のにおいをさせているのはどうかと思うけれどね。それに息子のロートンも愛している。クロムダイオプサイドとどっちをより愛しているか、わからないくらい。だって、わたしのブランドの最新のリングやネックレスを着けてみて。それだけで、古き良きハリウッド映画のスターの気分になれるんだから。

わたしはクロムダイオプサイドと結婚しているともいえるわね。わたしはクロムダイオプサイドと結婚するために生まれてきたの。


フォスターはまた一本テープを消去する。いくつの悲鳴を聞いたかわからない。数えるのはもうやめていた。

ルシンダをこれほど遠く感じたことはない。ここまで追ってきたのに、外の音と世界から完全に切り離されたコンクリートの地下壕まで追いかけてきたのに、これだけの数の悲鳴のなかからルシンダを探し出さなくてはならないのだ。地獄は彼の頭のなかにある。そこで無数の亡霊と会っては取捨選択する。黄泉《よみ》の国を目隠しでさまよい、数十億の魂のなかからたった一つを探すのに似ていた。

新たなリールを軸に差しこみ、テープを引き出してセットした。ヘッドフォンから走行音が聞こえ始める。悲鳴が頭蓋骨を貫く寸前、フォスターの指は音量つまみをひねってボリュームを落とす。今度のは長い。肺活量のよほど大きな人物なのか、ほかの大半の悲鳴より長かった。長すぎた。いつまでも続いた。悲鳴ではないとわかるまで。

フォスターは横を向いた。ミッツィという女の怯えて見開かれた目がこちらを見ていた。ミッツィはヘッドフォンをはずしていた。フォスターもはずしたが、悲鳴はまだ続いた。スタジオじゅうに響き渡っていた。

「あたしのアラーム」隅という隅に置かれたスピーカーから炸裂している悲鳴に負けじとミッツィが声を張り上げる。火曜がやってきたのだ。

「連中が来た。自分たちの発明品を取り返しに」ミッツィは意味ありげな笑みをフォスターに向けたあと、コンソールの奥のスイッチを動かした。何のラベルもついていない、何の変哲もないスイッチ。そのスイッチを入れたとたん、スタジオに煙のにおいが広がった。百万のバースデーケーキの蠟燭が吹き消されたあとの、苦いにおい。

玄関前のカメラは黒い塗料でつぶされているのか、壊されているのだろう、モニターには何も映らない。建物の玄関ドア、それがはめこまれたコンクリートの外壁よりよほど頑丈そうな金属のドアに、何かが叩きつけられる音がした。

ミッツィのプランは、プランではない。プランというほどのものではない。しかし、立ち上がって小道具倉庫のドアを開けたときには、りっぱなプランになっていた。マチェーテやサーベルがあふれるなかに、鋼鉄の鎖と南京錠がある。ラウファー・カーヴィングウェア製のナイフもある。

全員の声が層になり重なり合った悲鳴は、やかましく鳴り続けている。段ボール箱やファイルキャビネットの抽斗から染み出す苦くいやなにおいの煙、黒くて毒を含んだ煙。その煙の奥で、炎らしきオレンジ色の最初の光が閃く。玄関ドアを連打する音は、騒音にほぼかき消されている。

ミッツィは鎖とワインのグラスを持ってスタジオの中央に行き、作業テーブルに横たわる。胎内の他人がどうにか逃げようと手足をばたつかせている。ミッツィは鎖を脚に巻き、左右のももをぴたりと閉じて南京錠をかけてから、ゲイツ・フォスターに頼む。「悪いけど、薬を取ってもらえる？　そこのナイフの隣にある薬」震える指を一本立て、七宝焼のソーサーを指し示す。あおむけになって、フォスターに言う。「その現場に居合わせたくないの」

フォスターの顔は真っ青で、黒い煙のなかでほのかな光を放っているようにさえ見える。フォスターが訊く。「生まれそうなのか」

ミッツィは錠剤を口に放りこみ、嚙み砕く。ワインで流しこむ。「あたしが殺したの。ルシンダを」

フォスターはコンソールの上のナイフを見やって言う。「できない」

ミッツィは手を横に伸ばしてマイクをつかみ、旧友を抱き寄せるように引き寄せる。手を上に伸ばし、ハンギングマイクを顔のすぐ近くまで引き寄せる。それから言った。「ルシンダ。あなたのルーシーは、ダウンタウンのオフィスビルで迷子になってた」ミッツィの言葉はにじみ、溶け合う。「あたしが見つけたの。ずっとお姉ちゃんがほしかったそうよ」頭を起こしてフォスターの視線をとらえる。「あたしが刺し殺したのよ。まさにこのテーブルで」メーターの針が一斉に跳ねる。

ゲイツ・フォスターは、ここに来る日を何年も待ち続けた父親は、彼の表情は、別の真実を彼女に懇願した。それから彼の手は、ナイフを握った。

フォスターは耳を澄ます。一つだけ間違いをしたのだとミッツィは言った。誰かに悲鳴を上げさせるには、ナイフで一度刺すだけ、一度斬りつけるだけでいい。しかし悲鳴を止めるには、もう百回繰り返さなくてはならない。ある一人の女の子を連れ帰ったあの午後に決着をつけたくて、それに人生を費やしてきた。

フォスターには、できなかった。すぐにはできなかった。フォスターは言った。「きみは嘘をついている」ルシンダは死んでいないと彼は言った。このミッツィという女は、娘につながる最後の手がかりだ。子供をファックし、子供を殺す連中が跋扈《ばっこ》する暗黒世界をとぼとぼ十七年もさまよい歩いたあげく、やっとここまで来た。ナイフを手に取ったのは、彼女を脅すため、それだけだ。ところが、その瞬間、無数の画像が殴りかかってきた。残忍な仕打ちを受けた子供の画像の数々。悲鳴と煙のハリケーンが彼の周囲で渦巻く。やがてそのなかから一つの悲鳴が浮かび上がり、延々とループする。「助けて！　パパ助けて！　やめて！　助けて！」

ミッツィという女が彼を見上げる。その目を見て、真実なのだとフォスターは悟る。これ以上探したところで何も見つからない。これ以上は何を尋ねても無駄だ。ミッツィはゆったりしたスモックを着ていた。ナイフでスモックがだめになってしまうなとフォスターは心配になる。そんなばかばかしい心配をする。これは映画だ。これは映画なんだと自分に言い聞かせる。次の瞬間、フォスターは、地面に旗を立てるように、腕を振り下ろす。

規則正しいリズムで、ナイフはミッツィの胸を刺す。引き抜かれ、突き刺さる。肉から引き抜かれるときの音もちゃんとする。仕事のとき、ミッツィがかならず加えるようにしている音。静けさが、衝撃と苦痛ゆえの静けさが、体と心を包みこむ。ワインとアンビエンがもたらす忘却より、ずっと深い静けさ。

最初の一つを癒やすのに必要な百の傷が、これでようやくもたらされる。彼はまた彼女を刺す。彼は泣いている。彼女の血と彼の涙が、彼の顔を覆ったすすと混じり合い、赤と黒の仮面になる。

小さな女の子がテーブルの片側に立つ。「ミッツィ、来たよ。おうちに帰るお手伝いをしてあげる」

女の子がさみしげな視線を父親に向ける。ミッツィは女の子に言う。「お父さんにあなたは見えないんだよ」ミッツィがそう言うと同時にフォスターという男がナイフを引き抜き、ミッツィの声ははね上がる。フォスターはまたナイフを突き立てようと身がまえる。

女の子は、ルシンダ、ルーシー、たった一日だけミッツィの妹だった少女は言う。「ポットローストの話をしてあげて。お肉のかたまりのはじっこを大きな包丁で切り落とすんだよって言って」

ナイフがまた突き立てられようとするのと同時に、ミッツィはその奇妙なメッセージを口から押し出す。ナイフは、ミッツィの胸を突く寸前で止まる。

ルシンダが叫ぶ。「リンダおばあちゃんも来てるって伝えて」

ミッツィはかすれた声でそのメッセージを伝える。

「パパに言って」ルシンダが叫ぶ。「パパのせいじゃないって言って」

口のなかに血の味がする。肺から血の泡が押し出されてくる。咳きこみ、あえぎながら声を絞り出すと、彼女の声を聞き取ろうとすぐ目の前に集まっているマイクに血のしぶきが散った。メーターの針は一斉に跳ねるが、その動きはほんのかすかで、すぐにまた元の位置に戻って休む。ミッツィは話せない。しかし音は聞こえる。両脚を縛っている鎖の感覚はもうない。もう何も見えない。自分の目では何も見えない。それでも小さな手が自分の手を握ったのはわかる。ルシンダの声も聞こえる。「いっしょに来て。迷子になっちゃったんでしょ。あたしがおうちに送っていってあげるから」

煙の奥から、もう一つ人影が現れる。タキシードを着たずんぐりむっくりの男だ。マラカイトのカフリンクスを着けている。毛深い手首の一方にタイメックスの腕時計、ジャケットの襟には甘い香りのするくちなしの花。もう一人、ミッツィが写真でしか見たことのない女が寄り添っていた。ミッツィの血の気の失せた顔が笑みを作る。「シュロー。元気そうでよかった……」

シュローも笑顔を見せる。「ベイビー・ガール、こっちも同じことを言ってやれたらよかったんだがな」シュローは起き上がれ、一緒に来いと手招きする。隣の女に愛情のこもった視線を向ける。ブロンドの女だ。シュローは言った。「おまえのお母さんもぜひおまえに会いたいと言っている」

フォスターはナイフを突き立て続けた。録音の悲鳴はまだ鳴り続けているが、彼女は死んでいる。彼女は死んでいるのに、フォスターは止められない。最善のやり方がわからないから、ナイフを闇雲に振るい、斬りつける。フォスターが叩き切っているのは紫檀の棺だ。切り刻まれ、ぐしょ濡れになった服を切り裂き、彼女の内側に手を押しこみ、ぬくもりを失い始めたぬるぬるの内臓をかき分ける。

彼女のなかに入る。入って、冒瀆する。冒瀆し、破壊しながら、奥へ奥へと手探りする。何キロメートル分ものテープをたぐって探したように、無数のウェブサイトを渡り歩いて探したように、彼女の内側のぬるついた中身を這い回って探す。素手で、両手でかき分ける。爪の周囲に血がこびりつく。そして彼の手は、期待のものを探し当てた。

電力が落ちて、ライトが消える。ぱちぱちと音を立てるオレンジ色の炎の舌だけが照らすなか、リールの回転がゆっくりになり、悲鳴は小さくなる。最後の悲鳴が薄れて消え、フォスターは死んだ女のなかから血を滴らせた宝を持ち上げる。それは初めての息を吸う。毒を含んだ空気を吸って、甲高い声で泣く。蒸し暑く、汚染された、暗い世界に生まれ出た子供の悲鳴のような声、その泣き声は、同じ世界から去っていく人々の悲鳴を凌駕する。

玄関ドアを打つ音はやんでいた。しかし、フォスターの腕に抱かれて赤ん坊が泣きだしたとき、また新たな音が聞こえた。ブザーの音。玄関に客人ありと知らせるブザー。このままここで死ぬにせよ、玄関を訪れた者の手で死ぬにせよ、どのみち結果は同じだ。視野を炎が埋めるなか、フォスターは血まみれで震える生まれたての男の子を抱えて階段を上り、錠前を手探りし、ドアを開けた。

通りに立っている人影は一つだけだった。兵士ではない。警察でもない。女が一人と、その近くに駐まったリムジン一台だけ。退却する傭兵部隊と近づいてくる消防隊のはざまに、女が一人だけ立っている。女は言った。「あら、赤ちゃん」

女の胸もとに、天然真珠の二連ネックレスが下がっている。

フォスターは赤ん坊を差し出す。ブラッシュ・ジェントリーは受け取って胸に抱く。


犬たちの吠え声が夜空から救急車を召喚する。力を合わせればやれるというように、同じ建物に住むポメラニアンにチワワ、同じ街に住むコーギーにダックスフント、犬という犬が遠吠えし、やや遅れてサイレンが聞こえてくる。サイレンは点滅し回転する赤と青の光を作り出す。光は最初の消防車を連れてくる。犬の合唱は二台目、三台目、四台目を召喚するが、時すでに遅し。炎はアイヴズ・フォーリー・アーツ社の屋根を食い破って燃え盛る。炎は開けっぱなしの玄関からごうごうと荒れ狂う。

屋内では、火を吐くマイクがスタンドから落ちた。天井吊りのマイクは天井から落ちる。小道具倉庫では斧が燃え、アイスピックやボウイナイフや棍棒が燃える。炎は、無限の磁気テープを燃料にする。ワイヤが溶けた。メーターは、自分の死を聞き取っているかのように針を揺らす。

そのただなか、終わりを目前にして、一本のリールが回転する力を振り絞る。テープが再生され、最後の小型スピーカーから音が流れる。小さな女の子が言った。「目を閉じて。聞いて、何の音か当ててみて」

続けて優しい音が聞こえる。ぱたぱたという柔らかな音。

別の女の子が叫んだ。「雨！」

年長の少女が言う。「次は朝ごはんに何を食べたか教えて、ルーシー」

年下の少女が言う。「シリアル。スクランブルエッグ。牛乳」

ドアが開き、閉まって、足音が聞こえる。男の声が言う。「ミッツィ。今度のお友達は誰だい？」

年長の少女が答える。「ルーシー、紹介するね。あたしのパパだよ」

ここで最後のテープは溶けて燃え始める。

テレビ画面では、どこかのすすけた丸太小屋で若い女が手のこんだ造りの真鍮のベッドに縛りつけられている。南軍の兵士の一団がなだれこんでくる。一人が肉切り包丁を手にしていた。別の一人が訊く。「奴隷どもをどこに隠したか白状しな、タミー・ベル。さもないとおまえを処刑してやるぞ」

ゲイツ・フォスターはソファに座り、膝に置いたボウルからポップコーンを食べていた。隣のブラッシュは、二人の息子ロートンを抱いている。

兵士たちが女に襲いかかり、女は悲鳴を上げる。少なくとも、悲鳴らしき声が上がった。吹き替えなのは明白だ。ゲイツ・フォスターはチャンネルを変える。今度映ったのは、偽のルシンダだ。テレビ界期待の新星メレディス・マーシャルは、父親と娘が共同経営する探偵事務所が舞台の、気の利いたジョーク満載の連続コメディドラマで主役の娘を演じている。父親役を演じている俳優は、ロブではないロブ・ローレンスだ。完全な世代交代が行われた映画とテレビの新しいスターのうちの二人、ギャラは最高ランクとされている。

せりふとせりふのあいだに、録音済みの爆笑がいちいちはさまる。

ポップコーンを咀嚼しながら、フォスターは自問する。本物といえるものがこの世に果たしてあるのか。物体でも現象でもいい、人間でもいい、本物が一つでもあるのか。ポップコーンでさえ、本物らしくない味がした。チャンネルを変えて南北戦争映画に戻る。「駄作もいいところだね」

赤ん坊が目を覚ましてぐずりだし、ブラッシュはそれをあやしながら言う。「さっきの悲鳴はよかったんじゃない」

夫は答えない。妻から画面が見えない角度に携帯電話を持ってメールをチェックする。アイダホ州統計局からのメールを開いて目を通した。今日、そのメールを読むのは初めてではない。十度目ですらなかった。もうすっかり暗記するほど何度も読んでいる。メールの内容を簡単にいうなら、ロートン・ケスラーという名の児童がアイダホ州内の学校に在籍していた記録はいっさい存在しない。その名前の子供の出生証明書もない。ピーナッツアレルギーで死んだ子供がいた記録はない。薄ら寒い山の頂で、野生のネコ科動物に狙われながら、未来の映画スターに手を握られて息を引き取った子供はいない。

それ以前に、アイダホ州にビーチ・マウンテンなる山はない。あの話は、ブラッシュ・ジェントリーが、いや、どこの誰だかわからない女が、でっち上げたものだ。魚を疑似餌でだまして釣り上げるように、フォスターを物語で釣り上げた。もしかしたら、ロブを訓練した人物から教えこまれた話だったのかもしれない。嘘っぱちのサポートグループを創出し、偽の葬式でフォスターを愚弄した組織から。闇政府の作戦だかなんだか知らないが、フォスターに児童虐待画像を次々と発見させたのも作戦の一環だ。自分たちの目的に合わせてフォスターの怒りをあおったのだ。

そして彼が絶望の沼に落ちたところを見計らって、ルシンダの悲鳴が入った動画を送りつけた。フォスターはポップコーンをめいっぱい頬張り、指についた油をソファのクッションになすりつけた。怒りは完全に鎮火したわけではない。

新たな燃料さえあれば、それはたちまち勢いを取り戻す。

燃料を求めて、フォスターはモンスターどもの画像集をスクロールする。彼の読みが当たっているなら、いまや選択権はフォスターにある。フォスターがダークウェブから選んだ人物が、まるで宅配ピザのように届けられ、あとは彼の好きにできる。食肉のように血抜きをしてもいいし、切り分けようと焼こうとフォスターの勝手だ。

それが癒やしになるだろう。

たしかに、フォスターの方法論はまだ確立されていない。しくじることもあるだろう。しかし、たとえ無実の者が死ぬことがあったとしても、その苦しみはかならずしも無駄にはならない。意味はある。フォスターは尋問してフラストレーションを発散できる。それに、何はなくとも映画はまた一つ進歩する。

フォスターは美しい妻を――どこの誰であろうと美しい妻を見やる。二人の子供を――赤の他人の子孫たる赤ん坊を見やる。いつかこの子が、彼の息子が、フォスターの志を継ぐだろう。

誰もゲイツ・フォスターを止められない。なぜならいまの彼は、自分を止める力を持った側について仕事をしているからだ。同じ理由から、彼は決して捕まらない。

未来は至って明快に見えた。明快で、そして光り輝いている。光り輝き、そして無限だ。

# 訳者あとがき

ミッツィ・アイヴズ、ハリウッドで活躍する才能あふれる音響効果技師。本物としか聞こえないリアルな悲鳴を作ることをライフワークとしている。

ゲイツ・フォスター、十七年前に失踪した娘をいまも諦めきれない父親。日々ダークウェブにある児童ポルノサイトを徘徊しては娘に似た被害児を探し、子供をいたぶる悪党どもを我が手で一掃する未来を夢見ている。

あまりにもリアルだったある悲鳴をきっかけに二人の人生が交差したとき、ハリウッドは、世界は、破滅の危機に直面する。瞬時に広がる共感が、あって当たり前だった堅牢なものを次々壊していく。その破壊の先に、どんな未来が待っているのか――。


二〇〇五年刊の『ララバイ』以来、十八年ぶりの邦訳新刊だ。そのあいだもパラニュークは毎年のように新刊を発表し、熱心なファンを獲得してはいたのだが、同時多発テロを境にアメリカ社会の〝価値観〟に激動が生じたり、自身の私生活で大きな事件が起きたりなどさまざまな要因がからみあって、思うような評価を得られない時期があった（このあたりの事情については、アメリカ文学研究者・青木耕平氏による「逸脱的ロマンチストの肖像——チャック・パラニューク の現在地」〈https://www.hayakawabooks.com/n/n32944dfd3cc9〉に詳しい)。

しかし二〇二〇年、小説の書き方ガイド *Consider This* で作家人生を振り返り、自身の創作論を整理したことでパラニュークのなかで何かが切り替わったのだろうか。同年に発表された本作『インヴェンション・オブ・サウンド』は、「初期の切れ味が戻った!」と熱狂的に迎えられることになった。

『ファイト・クラブ』『サバイバー』の新版、次いでこの最新作の翻訳と、ここ数年ふたたびパラニュークとじっくり向き直ってみて強く感じたのは、デビュー作『ファイト・クラブ』の時点で〝パラニューク〟は完成していたのだなということだった。デビューから進化していないということではない。かみそりのように鋭い文体、同じフレーズの繰り返しから生み出されるリズムと陶酔感、意表をつく比喩とそれが浮かび上がらせる鮮烈なイメージ。そして「パラニュークはあの本でこれを書いていたのか」とあとになって気づかせるような、時代を見通す鋭敏な感性。そういった土台は、上に載せるものを作品ごとに変えながらも揺らぐことなく存在していた。それはもしかしたら〝才能〟と呼ばれるものなのかもしれないけれど、先述の *Consider This* を読むと、パラニュークがありとあらゆる書物を熟読し、研究を尽くして確立した理論に忠実に従って戦略的に書いていること——つまり才能や閃きだけに頼っているのではないことがよくわかる。そうなると、邦訳が休止していたあいだにどんな戦略を試していたのか、何を選んで次に結びつけたのか、順を追って確かめたくなる。